業政駈ける

火坂雅志

角川文庫
18196

目次

武田来《きた》る

一

弘治二年（一五五六）、三月――。

雷鳴がとどろいている。雷《かみなり》とからっ風は上州の名物だが、それでも春先の雷というのは珍しい。

烈《はげ》しく吹きつける突風に、カシの黒々とした屋敷森が髪を振り乱したように撓《しな》い、雷鳴にまじって、

バラバラッ

バラバラッ

と、雹《ひょう》がたたきつける音がした。

上野国《こうずけ》（現、群馬県）西部、群馬郡の箕輪《みのわ》城に、いずれ劣らぬ癖のある面構《つらがま》えをした男

たちが集まっていた。

箕輪城は榛名山《はるなさん》の東南麓《とうなんろく》に位置している。西を白川《しら》が流れ、南は椿名沼《つばきな》に面した、南北に細長い丘陵《きゅうりょう》上に築かれた要害である。

丘の上の削平地に、本丸、二ノ丸、御前曲輪《ごぜんくるわ》、稲荷曲輪《いなり》などが築かれ、それを水濠《みずぼり》、空堀《からぼり》が囲んで、容易に外敵を寄せつけぬ屈強な構えをみせていた。

「されば、おのおのがた。籤《くじ》引きをはじめようではござらぬか」

城の本丸の広間に座した五十人ほどの男のなかで、長烏帽子《ながえぼし》に白い浄衣《じょうえ》を身にまとった白髪《しらが》の老人がおごそかな口調で言った。

榛名明神の神主である。

上州では、

赤城山

妙義山

榛名山

が、上野三山として古来信仰されている。

そのなかで榛名山は、五穀豊穣《ごこくほうじょう》の神がすまう霊山として西上野の人々の崇敬を集めてきた。

もっとも、この場につどっている男たちの願いは、そのような穏やかなものではない。

「怨敵《おんてき》退散ッ」

神主が喉《のど》の奥から底響きのする声を発し、手にした幣《ぬさ》を、

――颯《さ》ッ
と、顔の前で打ち払った。

「羽尾《はねお》修理亮《しゅりのすけ》どの、御前《おんまえ》へ」

神主に名を呼ばわれ、ひとりの男が立ち上がった。

男は前にすすみ出ると、神妙な顔つきで柏手を打ち、神主の膝元《ひざもと》に置かれた赤銅の大筒《おおづつ》から、紙縒《こより》の籤を一本引いた。

その籤を神主の脇に控えた世話役の男が受け取り、紙縒をひらいた。

「羽尾どの、先鋒《せんぽう》右翼ッ！」

世話役が籤を声高らかに読み上げた。

おう、というどよめきが広間の男たちから湧《わ》き起こる。

「どうじゃ、わしが右の先鋒じゃ」

六尺豊かな大男の羽尾修理亮が、誇らしげに一同を見渡した。

羽尾修理亮につづき、男たちが次々と立ち上がって籤を引いた。

「小熊源六郎どの、第三陣左翼」

世話役の声に、頬《ほお》に刀疵《かたなきず》のある小熊源六郎が大きくうなずく。

「浜川左衛門尉《はまかわさえもんのじょう》どの、後陣」

「八木原《やぎはら》与十郎どの、第二陣右翼」

「和田八郎どの、同じく第二陣右翼」

「倉賀野左衛門五郎《くらがのさえもんごろう》どの、先鋒左翼」

「須賀谷筑後守《すがやちくごのかみ》どの、第二陣左翼」

「大戸左近兵衛《おおどさこんびょうえ》どの、第三陣右翼」

雷鳴のあいまを縫《ぬ》うように、声が朗々と広間に響いた。

五十人以上の籤引きともなれば、全員が名を呼ばれるまでに時間がかかる。最後の男が神主の前にすすみ出たのは、籤引きがはじまってから、かれこれ半刻《とき》(一時間)近くが経《た》ってからだった。

「長野業政《ながのなりまさ》どの、御前へ」

名を呼ばれ、円座からおもむろに腰を上げたのは、檜扇《ひおうぎ》の家紋を背中に大きく染め抜いた浅葱色《あさぎいろ》の陣羽織をまとった男だった。

年は六十に近い。だが、長年、戦場を駈《か》けめぐってきた体は頑健そのもので、老いをいささかも感じさせない。

目は切れ長で、光が強い。豊かな頬に品があり、肌の色つやがよく、全身に精気がみなぎっていた。

今宵《こよい》、この場に集まった西上野の地侍《じざむらい》たちに、

——盟主
とあおがれる、箕輪城のあるじの長野業政にほかならない。

「されば」

業政は男たちに軽く目礼し、大股《おおまた》で籤の赤銅の大筒に歩み寄った。最後に残っていた一本の紙縒を無造作につかみ取り、世話役に渡す。

その紙縒のみは、ウコンで黄色く染めてある。ウコン染めの紙縒は大将の印である。西上野の地侍たちは誰ひとりとして、大将の紙縒に手をつけず、最後に残った盟主の業政が運命の籤を引くこととなった。

「榛名明神のご神意じゃ」

「やはり、われらが大将は長野どのをおいて他におらぬわ」

「御大将のもと、一致団結して上野の国を死守しようではないか」

「そうじゃ」

「われらには榛名の神がついておるッ！」

一座の者たちが、感きわまった表情で口々に声を上げた。

そのざわめきを鎮《しず》めるように、

「御大将は長野業政どのなりッ！　おのおのがた、これよりつつしんで神意を受けた御大

将の命に従うべし」

世話役がウコン染めの紙縒を高々と天に向かって突き上げた。

瞬間、青白い稲光《いなびかり》が広間に立つ業政の横顔を照らした。

「神意とあらば、我この命果てるまで、怨敵武田と戦うことを誓う」

長野業政はゆっくりと、広間の男たちに視線をめぐらした。

彼らは業政の家臣ではない。それぞれが、上野国内に一城を持つ独立した小領主たちだ。

かつて、彼らは関東管領上杉憲政《かんとうかんれいうえすぎのりまさ》の指揮下にあった。しかし、四年前の天文二十一年（一五五二）正月、憲政は小田原北条氏の攻撃に耐え切れず、居城《きょじょう》の平井《ひらい》城を捨てて、上越国境地帯へ逃亡したのである。

その身勝手な行動に、上野の地侍たちは、

「関東管領、もはや頼るに足らず」

と、驚きあきれた。

その混乱に乗じて北条氏が東上野を支配下におさめ、さらに甲斐《かい》の武田晴信《たけだはるのぶ》（信玄）が、

――いよいよ、西上野攻略に乗り出してくる。

との報がもたらされた。

地侍たちは、騒然となった。

上州人には、長いものには巻かれろという気質はない。たとえ相手が大勢力であっても、

独立をつらぬく誇り高い気風を持っている。

関東管領が不在となった以上、

——自分たちの身は、自分たちで守らねばなるめえよ。

と、一揆《いっき》を組織して強大な敵に立ち向かうことを決めた。

（わしの肩には、西上野の存亡がかかっておる……）

長野業政は、誓いのあかしに土器《かわらけ》の酒を一息に飲み干し、板床にたたきつけた。

二

「おまえさま、まことに武田と一戦まじえるつもりでございますか」

西上野の地侍たちが引き揚げたあと、業政の古女房《にょうぼう》のおふくが、夫の肩を揉《も》みながら言った。

「あまり無理をなさらぬほうがよろしゅうございますよ。ほれ、このように肩が凝《こ》っておられる」

「痛いではないか、おふく」

「これでも優しくいたしているつもりでございます。それとも、おまえさまお気に入りの若いご側室に、やわやわと撫《な》でていただいたほうがよろしゅうござりますか」

「いつもながら、きついのう」

業政は苦笑いをみせた。

おふくとは、連れ添って二十年になる。上州の土豪沼田家から迎えた最初の妻は、若くして病死し、後添えとして同じ上州の保土田《ほどた》家から嫁いできたのがおふくであった。

容貌《ようぼう》は、まずまず十人並みといったところであろう。三十八という年齢にしては、色白の肌が艶《つや》めいて美しく、ちんまりとした小さな鼻、ぽってりとした厚い下唇《くちびる》に愛嬌《あいきょう》がある。

ただし、上州女のならいで、思ったことをはっきり口に出して言う。夫に対しても、遠慮というものがない。しかも、女にしておくのが惜しいほど頭の回転が早く、いざとなれば男顔負けの度胸もあった。

西上野の土豪たちからは、盟主として頼られる業政だが、二十歳年下の女房に対しては頭が上がらない。

業政は子沢山《だくさん》である。

先妻とのあいだにもうけた長男吉業《よしなり》は、天文十五年の河越《かわごえ》夜戦で討ち死にしたものの、おふくが生んだ跡取りの業盛《なりもり》のほか、娘が十二人もいる。

業政はまめな男で、綾《あや》、お佐江《さえ》、お村と、女房のおふくが知っているだけでも三人の側室を持ち、ほかにも理《わり》ない仲の女は数え上げればきりがない。五十八歳になったいまでも、心身ともにいささかも枯れたところがなく、つねに行動が前向きで、先へ先へと走りつづける積極果敢な姿勢が、妙に女たちの心をそそるらしい。

十二人の娘たちは、それぞれ近国の国衆《くにしゅう》、上野の国衆、および業政の与党である箕輪衆のもとへ嫁ぎ、緊密な姻族を形づくっている。

国衆には、

長女（小幡《おばた》尾張守憲重《のりしげ》妻）

二女（小幡図書助景定《かげさだ》妻）

三女（成田氏長妻）

十女（長野藤九郎妻）

が縁づいている。

また、箕輪衆には、

四女（木部《きべ》宮内少輔《くないのしょう》定朝《さだとも》妻）

五女（大戸左近兵衛妻）

六女（和田《わだ》八郎業繁《なりしげ》妻）

七女（倉賀野左衛門五郎妻）

八女（羽尾修理亮妻）

九女（浜川左衛門尉妻）

十一女（依田《よだ》新八郎《しんぱちろう》妻）

が嫁入りし、七歳になったばかりの十二女も、同じく箕輪衆の室田城主長野忠業《ただなり》との婚約がととのっていた。まさに、網の目のごとく張りめぐらされた血の絆《きずな》である。

「甲斐の虎《とら》を相手に、まことに勝てるとお思いですか」

「このような日のため、わしはせっせと子づくりに励み、十二人もの娘をもうけたのだ」

「なんと……」

あきれ顔になるおふくに、

「いまの世の中、血を分けた肉親とてあてにはならぬ。しかし、絆はないより、あったほうがましよ。嫁いだ娘たちがそれぞれ婚家に根づいて、亭主どのの手綱をしっかり握っておれば、いざというとき役に立つ」

「このたびも、婿《むこ》どのたちが……」

「武田を恐れている者など、ひとりもおるまい。あとは、このわしの采配《さいはい》しだいよ」

ぎょろりと目を剝《む》くと、業政は立ち上がった。

「出かけてくる」

「どちらへまいられます」

「久しぶりに、かわいい娘の顔を見に行ってくる」

業政は、床の間の刀掛けにあった刀を腰にぶち込むと、小者の葛丸《くずまる》を呼ばわり、厩《うまや》から愛馬の唐墨《からすみ》を引き出させた。

城の留守居は、重臣の上泉伊勢守信綱《かみいずみいせのかみのぶつな》に命じる。信綱はもと、赤城山南麓の大胡《おおご》城主で、新陰流《しんかげ》の剣の達人として名高い。業政がもっとも信を置く、文武兼備の武人である。

業政は唐墨にまたがり、山ツツジの咲く道を駈けた。向かったのは、二女の嫁ぎ先である国峯《くにみね》城の小幡図書助景定のもとである。

小幡家は、関東管領山内上杉氏の重臣の家柄であった。だが、管領の上杉憲政が平井城から逃げ出すと、国峯城主で小幡宗家《そうけ》の憲重は甲斐の武田晴信によしみを通じるようになった。国峯城が、甲斐、信濃との国ざかいに近いためである。

小幡憲重の裏切りを知った業政は、ただちに動き、城主の留守を狙って国峯城を占拠。憲重を追い出し、小幡一族の景定を城主にすえた。

箕輪城から国峯城へは、南西へ五里（約二十キロ）。峠をいくつも越えてゆく。

箕輪城でおこなわれた籤引きに、なぜか小幡景定は参加しなかった。

「急な病にて」

と、詫《わ》びを入れる使者がやって来たが、

（あやつ、臆病風《おくびょうかぜ》に吹かれておるのではないか……）

業政は婿の性根《しょうね》を疑っていた。

国峯城へ着くと、娘の奈津《なつ》が業政を出迎えた。

娘といっても、業政が二十代のときに生まれた子であるから、はや三十なかばになっている。

業政によく似た、色つやのいい豊かな頬をした奈津が、

「父上から、あの人にひとことおっしゃって下さい」

唇をとがらせて言った。

「よほど具合が悪いのか」

業政は出された熊笹茶を飲み干した。

「昨日から寝所に引きこもっておりますが、あれは仮病《けびょう》でございます」

「仮病とな」

「はい」

奈津がうなずいた。

「妻のわたくしが見ればわかります。あの人は、甲斐の虎と戦うのが怖いのです」

「これ、奈津。おのが亭主を悪《あ》しざまに言うでない」

業政はたしなめたが、内心では、

(やはりな……)

と、思った。

「父上はじめ、ほかの国衆が命懸《いのちが》けで先祖累代の領地を守ろうとしているときに、ほんに

に落ち着きがなく、舅《しゅうと》の業政と顔を合わせるのを避けているふうであった。

小幡景定は横になっていたが、なるほど奈津の言うとおり病人の顔色ではない。目つき

娘を叱《しか》りつけると、業政は小幡景定の寝所へ向かった。

る」

「人には、それぞれの考えがある。女房のそなたが亭主どのの心を思いやらずしてどうす

景定どのは……」

三

「病だそうじゃな」

長野業政は、娘婿《むすめむこ》の小幡景定の枕元にどっかとあぐらをかいた。

「これは、義父上《ちちうえ》……。わざわざのお見舞いとは」

「横になったままでよい。奈津はろくな看病もしておらぬようじゃな。いたらぬ娘で相《あい》す

まぬ」

「いや、それがしのほうこそ」

景定が引きかぶっていた被衣《かずき》をはぐって起き上がろうとした。

「無理をせずともよいぞ。じきに、西上野の国衆をあげての大いくさが待っておるでな。

婿どのには、一日も早く良うなってもらわねばならぬ」

できる。

「は……」

景定が目を伏せた。

やはり、臆《おく》しているのであろう。腰のふらついた婿を、頭ごなしに叱りつけることは
しかし、それでは何の解決にもならぬことを業政はわかっていた。

「婿どのだけには打ち明けるが、じつのところ、わしは武田と戦うのが怖い」

「義父上……」

「何しろ、相手はいまや信濃の大半を手中におさめ、山津波《やまつなみ》のごとき勢いの甲斐の武田だ。

わしらごとき、取るに足らぬ小領主が正面から戦いを挑んで、勝てる相手ではない」

「はあ……」

「しかしな、婿どの」

と、業政は寝所の床《とこ》の間《ま》に活《い》けられた山ツツジの花を見つめ、

「相手が大きいから、強いからといって、ただ唯々諾々《いいだくだく》と従っておるだけでよいのか。

尻尾《しっぽ》を巻いて逃げ出せば、それでことがすむのか。われらは、この身に熱い血が流れる上
州の漢《おとこ》ではないか」

ほとばしるように言うと、景定を振り返った。

「わしは、力があれば何でもできると思い上がった武田晴信に、上州者の意地をしめしてやるつもりじゃ。なに、わしはこのとおりの老骨。命を投げ出したとて、思い残すことは何もない。だが、婿どののような若い者はちがう。恐ろしければ、一揆に加わらずともよいのだぞ」

「恐ろしいなどとは……」

「誰もそなたを責めはせぬ」

「ち、義父上ッ！」

景定が被衣をはねのけて起き上がった。

「奈津とともに、せめてわしの菩提《ぼだい》を弔《とむら》ってくれ」

「それはなりませぬ、義父上」

景定が布団の上に正座した。

「それがしも、上州の漢にござります。義父上を見殺しにして、おのれだけおめおめと生き延びることができましょうや」

「婿どの……」

「義父上とともに、それがしも戦います。甲斐の武者どもに、われらの意地を見せつけてくれましょうぞ」

景定の双眸《そうぼう》から、さきほどまでの脅《おび》えたような色が消えている。

小幡景定にかぎらず、上州人はものに激しやすく、感情に走りやすいという特性がある。また、義侠《ぎきょう》の心篤《あつ》く、情にもろい。

その義侠心を刺激したことで、景定は目の前の脅威から逃げることができなくなった。

「そうか、ともに立ち上がってくれるか」

「はい」

「その言葉を聞いて安堵《あんど》した。そなたは籤には参加しておらぬが、大将のわしの裁量で、後陣に加わってもらう。頼りにしておるぞ、婿どの」

業政は、すっかりこちらの術中に嵌《は》まった景定の肩をたたいた。

(婿どのは、これでよし……)

業政は娘の奈津に別れを告げ、ふたたび馬上の人となった。

「お城へもどられますんで」

小者の葛丸があるじを見上げた。

「いや、まだ行かねばならぬところがある」

「ほかの姫さまの嫁入り先だんべえか」

「そうではない。ちと遠いが、付いてまいるか」

「殿さまの行くとこなら、地獄の果てまでお供せねばなんめえ」

「地獄か」

業政は笑った。

「わしらにとっては、地獄の入り口になるやもしれぬぞ」

「その地獄は、どこさあるんだべ」

「隣国信濃だ」

「げッ！」

「急ぐぞ」

低く叫ぶと、業政は愛馬唐墨の尻に鞭《むち》をくれた。

国峯城は、信濃との国ざかいまで八里。

鏑川《かぶら》ぞいの道を、西へ西へと馬を走らせてゆく。すすむほどに、道は険《けわ》しさを増し、唐墨の息づかいも荒くなってきた。

熊笹の茂るつま先上がりの山道をのぼって、ようやく峠に出た。

上野と信濃をかぎる、

——内山峠《うちやま》
である。

峠からは見晴らしがよい。

内山峠を下ったところが、信州の佐久《さく》盆地であった。ここからはすでに、敵地の武田領である。

「いざとなったら、おまえは逃げよ」

首筋の汗をぬぐっている葛丸を振り返り、業政は言った。

「殿さまを見捨てて逃げるわけにはいかんべえ」

「ならば、勝手にせよ」

しばし馬を休息させたのち、主従は峠を下りだした。

すでに日が暮れはじめている。

春とはいえ、夕暮れともなれば、木立を渡る風は冷たい。

佐久盆地へ出るころには、あたりは夜のとばりにつつまれ、冴《さ》えた月明かりが道を青白く照らしていた。

業政は佐久からさらに馬を北へ走らせ、小県《ちいさがた》郡の真田《さなだ》郷をめざした。

真田郷には、昔なじみの男がいる。かつて、業政はその男を箕輪城にかくまったことがある。

男の名は、真田幸隆《ゆきたか》。

幸隆は十五年前の天文十年、真田氏の惣領《そうりょう》家にあたる海野《うんの》氏とともに、武田信虎《のぶとら》、村上《むらかみ》義清《よしきよ》、諏訪《すわ》頼重《よりしげ》の連合軍と海野平で戦った。このいくさで大敗を喫《きっ》した幸隆は、本貫の地の真田郷を追われ、隣国上野へ逃れてきたのである。

最初に頼ったのは、同じ海野一門の流れを汲《く》み、六連銭《むつれんせん》(六文銭《ろくもんせん》)の家紋を用いる羽尾氏であった。羽尾氏は、業政を盟主とする箕輪衆に属している。

当主の羽尾修理亮から幸隆の境遇を聞いた業政は、

「それは気の毒だ」

と、持ち前の男気をみせ、真田幸隆とその家族たちを引き取り、箕輪城の一隅に住まわせた。

武田、北条といった大勢力のはざまで生きる二人の男のあいだには、いつしか友情が芽生え、たがいを、

「長野の」

「真田の」

と呼び合う間柄となった。

しかし——。

両者はいま、敵味方に分かれている。

四

真田幸隆が箕輪城を去り、かつての仇敵《きゅうてき》だった武田の麾下《きか》に属したのは、天文十五年、いまから十年前のことだった。

起きている。

武田家では、先代信虎を息子の晴信が追放し、当主の座を力で奪うという劇的な変化が起きている。

武田家に恨みを持つ幸隆であったが、この代替わりを、

(本領を取りもどす、千載一遇《せんざいいちぐう》の好機……)

と考え、晴信の軍師山本勘助《やまもとかんすけ》から誘いがあったのを幸い、信濃への帰還を決意した。

このとき、長野業政は友を引き留めなかった。

家臣たちの多くは、

「真田の行為は、われらに対する裏切り。恩を仇《あだ》で返す所業でありましょうぞ」

と激怒したが、

「幸隆はひとかどの漢だ。このまま、流寓《りゅうぐう》の暮らしのなかで、あたら漢が朽ちていくのを見るにはしのびない。わしがあやつでも、同じことをするだろう」

業政は笑って幸隆を見送った。

それからの真田幸隆は、武田軍団の信濃先方衆《さきかたしゅう》としてめきめきと頭角をあらわし、晴信でさえ攻めあぐねていた小県郡の砥石《とい》城を攻略するなど、めざましい武功をあげて地位を固めていった。

その幸隆が、このたびの武田の上州攻めの先鋒として業政と対峙《たいじ》することになるのであるから、人の運命は皮肉なものである。

葛丸を従えた業政が真田郷に着いたのは、月が中天《ちゅうてん》にかかるころだった。

真田郷は山峡《やまかい》の里である。

平素なら、のどかな静けさにつつまれているところだろうが、出陣を間近に控え、山城のふもとの居館《きょかん》にあかあかと篝火《かがりび》が焚《た》かれている。

門は内から閉ざされており、槍《やり》を持った小具足《こぐそく》姿の番卒が、あたりに油断なく目を光らせていた。

業政は真田館の少し手前で馬を下りた。

星空をおおうように、黒々と枝をのばすミズナラの幹に手綱をつなぎ、

「おまえはここで待っておれ」

葛丸に命じた。

「あの……」

「何だ」

「真田さまは、殿さまの敵だんべ」

「それがどうした」

「うかうか乗り込んで、首さ取られねえべか」

「わしは上州勢の大将だからな。首を取ったら、幸隆の大手柄になろう」

「それさわかっていて、行かれるんだべか」

「男は肚《はら》よ」

太く笑うと、業政は真田館に向かって悠々《ゆうゆう》と歩きだした。

その姿を、門前にいた番卒がすぐに見とがめた。

「何奴《なにやつ》ッ！」

槍の穂先を向け、男が誰何《すいか》の声を上げた。

「幸隆どのの友垣《ともがき》じゃ。業政が会いに来たと伝えよ」

「業政……」

「上野国箕輪城主、長野信濃守業政と言えばわかろう」

「箕輪の……」

番卒が目を剝いた。

これから攻め込もうとしている隣国の大将が、単身敵地へあらわれるなど、あり得ないことである。

しかも、業政は甲冑《かっちゅう》を身につけていない。小袖《こそで》に革袴《かわばかま》という軽装である。

（こやつ、気が触れておるのか……）

番卒は耳を疑ったが、業政の態度があまりに堂々としているために、思わず、

「長野さまが、いまごろ何用で」

言葉つきをあらためて問い返した。

業政は人を食った顔で、

「決まっておろう。武田方の陣立て、備えの弱点などをご教示いただこうと思ってまいったのよ。なに、昔なじみのよしみでな」

恐れげもなく言い放った。

一瞬、番卒はあっけにとられた表情をしたが、

「きさまッ！」

顔を真っ赤にして叫び、槍の穂を横に寝かせて突きかかってきた。

業政は悠然たるものである。

突き出された穂先をぎりぎりのところで見切ってかわすや、槍の柄《え》を右脇でがっちりと抱え込んだ。

「お、おのれ……」

番卒は槍を引きもどそうとするが、脇がぴたりと締まっているため、押しても引いても柄が微動だにしない。

「真田の兵は、鍛え方が足りぬようだな。それでは上州者を相手に、苦戦することになろうぞ」

業政は笑った。

髪に白いものがまじる、五十八歳の男とは思えぬ膂力《りょりょく》である。屈強な体つきをした若い

番卒を相手に、息ひとつ乱さない。

「離せッ！」

「こうか」

業政が脇をゆるめると、はずみで番卒が槍をつかんだままドッと倒れ込んだ。分厚いケヤキの門扉《もんぴ》にいやというほど後ろ頭を打ちつけ、白目を剝いて悶絶《もんぜつ》する。

「打ちどころが悪かったようだな」

業政が男の背中に活《かつ》を入れていると、居館のうちから騒ぎを聞きつけた人数が潜門《くぐりもん》を開けて駈け出してきた。

業政は、真田の兵たちに囲まれた。

出陣前のこととて、兵たちはみな殺気立っている。

「敵の間者《かんじゃ》か」

「血祭りに上げよッ！」

門の横の櫓《やぐら》の上では、弓に矢をつがえた者が二、三人、こちらに狙いを定めていた。

業政はあわてない。

（死を恐れようが恐れるまいが、どのみち、人は誰しもいつかはあの世とやらへ行くではないか）

と、からっ風のように乾いた死生観を持っている。

「幸隆どのッ。わしじゃ、業政じゃ！」

持ち前の大声で、業政はあるじを呼ばわった。

すると――。

櫓の上の兵たちをかきわけ、奥からあらわれた恰幅《かっぷく》のいい男がいる。

「これは……。長野のか」

男がおどろきの声を上げた。

「おお、真田の」

篝火に照らされた男の顔を見て、業政は目を細めた。

真田幸隆との、十年ぶりの再会であった。

幸隆はさすがに鼻白《はなじろ》んだ表情をみせたが、そこは落ち着いている。

「者ども、何をしておるッ！」

業政を囲繞《いにょう》している兵たちを一喝《いっかつ》し、

「長野どのを奥へお通しせよ」

厳しい声で命じた。

すぐに囲みが解かれ、業政は居館のうちへ通された。

とはいえ、兵たちは何かことあれば、いつなりとも業政を取り押さえられるよう、全身に警戒心をみなぎらせている。庭のそこかしこに、兵糧《ひょうろう》、武器弾薬がうずたかく積まれ、出陣準備が万全にととのっているようすを見て取ることができた。
業政が案内されたのは、大台所のわきにある、
——地炉《じろ》ノ間
であった。
板敷の間に囲炉裏《いろり》が切られ、自在鉤《じざいかぎ》にかかった鉄釜から白い湯気が立ちのぼっている。
囲炉裏のそばに、紺糸威《こんいとおどし》の具足を着けた幸隆があぐらをかいていた。

五

「久しぶりだのう」

真田幸隆が火箸《ひばし》で熾火《おきび》をかき出し、囲炉裏に樺《かば》の枝をくべた。

パチパチと枝がはぜる音がする。

「何年ぶりかな」

囲炉裏に目を落としたまま、幸隆が言った。四十四歳の男ざかりである。

厚みのある肩の線や落ち着いた物腰に、戦国最強の武田軍団の一翼を担う武将の風格が滲《にじ》み出ている。おのが仕事をしているという自信が、おのずとおもてにあらわれるのだろう。信濃を追われ、箕輪城の一画に居候《いそうろう》していたころは、こうではなかった。

（男とはおもしろいものだ……）

頭の隅で考えながら、

「十年さ」

業政は囲炉裏をはさんで、幸隆と向かい合うようにどっかとすわった。


「おふくどのはお達者か」

幸隆が、ぎょろりとした大きな目を上げた。目頭のあたりが充血している。興奮するとその血の色がいっそう濃くなるのだが、こればかりは昔と変わっていない。

「おうさ。相変わらず、口うるさいことよ」

「おふくどのには世話になった。われら一家が肩身の狭い思いをせずにすんだのは、おふくどのの濃《こま》やかな気遣いのお陰《かげ》かもしれぬ」

「大ざっぱな女じゃ。それより、貴殿の奥方は」

「壮健にしておる。時おり、箕輪の城から眺《なが》めた、夕日に染まった榛名山の優艶《ゆうえん》なたたずまいを懐かしむこともあるぞ」

「うちのとちごうて、菖蒲《しょうぶ》ノ前《まえ》どのは文雅の素養の深いお方だからな。つくづく、真田のがうらやましい」

「何を言うておる。人の女房を羨《うらや》むより、そなたには十指にあまる側室がおるではないか」

「十指とは大袈裟《おおげさ》な。ま、この年になっても、おなごは嫌いではないがの」

業政は笑った。

話しているうちに、二人の男をへだてていた歳月の壁が、またたくまに消えていく。

「昔にもどって、一献《いっこん》酌み交わすか」

幸隆が言った。

「いくさの前だ。酔い潰《つぶ》れては、おふくにどやされる」

「少しばかりの酒で、酔い潰れる貴殿ではあるまい」

「わしも年じゃでの。昔のままというわけにはいかぬ。どうにか気力で持ちこたえているようなものよ」

「そうは見えぬな」

口もとで笑いながら、真田幸隆が探るような目で業政を見た。

「西上州が武田に飲み込まれるか否《いな》かの大いくさを前にして、ひとりで敵地へ乗り込むとは、やはり貴殿はただ者ではない」

「首を取りたければ、この場で取ってもよいぞ。そなたの大手柄になろう」

業政もにこにこと笑ってはいるが、ぴしりと伸びた背筋には、生死を賭《か》けた男の緊張感がみなぎっている。

「長野の」

幸隆が真顔になった。

「わしは、いくさに勝つためなら詐略も使う。敵を騙《だま》し、罠《わな》に陥れることもためらわぬ。しかし、ただひとつ、貴殿がわしにかけてくれた情だけは忘れぬつもりだ」

「わかっておる」

業政はうなずき、

「そなたがそういう男だからこそ、わしは今宵、ここへ来た」

決然と言うと、ふところから書状の束を取り出した。

「それは？」

「そなたがわしのもとへ送りつけてきた密書よ。かようなものは、今後いっさい、無用に願いたい」

「長野の……」

「武田晴信に、話し合いの仲立ちをしてくれようというそなたの親切心は、まことにありがたい。しかし、わしは死しても武田に降伏する気はない」

業政は密書の束を、幸隆のもとへ突き返した。

「まさか、本気で勝てると思うておるのか」

幸隆が身を乗り出した。

「天下の武田を相手に、上州の小土豪の集まりが勝利できるとは思わぬ」

「ならば、わしのすすめに従い、いまのうちに降伏せよ。なに、晴信さまとて、悪いようにはなされぬ。わしのごとく、武田の先方衆となって、生き残りをはかればよいではないか」

「誇りが許さぬのよ」

業政は言った。

「わしらはこれまで、関東管領上杉家に従ってきたが、根っからの家臣というわけではない。小なりとはいえ、それぞれが独立した武者の家よ。生き残りのために、魂を売り渡すことをよしとせぬ」

「誇りで飯は食えぬぞ。生きてこそ、家がつづくのであろう。つまらぬ誇りなど、いますぐ捨ててしまえ」

「いや」

業政は首を横に振った。

「誇りを捨てれば、その瞬間から、わしはわしでなくなる。それに、武田が勝つと決まったわけではない」

「貴殿、つい先ほど、武田には勝てぬと……」

「いかにも、勝てぬ。しかし、負けぬいくさはできる」

「…………」

「それは、真田の。そなたほどの合戦巧者なら、百も承知しておるはず」

「たしかに」

真田幸隆が、やや憮然《ぶぜん》とした表情でうなずいた。

「真田の、本音を言え。そなたがわしに、降伏をすすめる密書を送ってきたのは、ただの同情心からではあるまい。わしを敵にまわして戦うことを、内心、恐れているからであろう」

「貴殿に隠しごとはできぬな」

樺の枝を囲炉裏に放り込み、幸隆が苦笑いした。

「わしは箕輪の城を知っておる。貴殿が言うとおり、あの城を落とすのは、武田の者どもが考えておるほどたやすい仕事ではない。いや、嘗《な》めてかかれば、こちらがとんだ深手を負うことになる。勝つにせよ、負けるにせよ、無用の血を流すことがわかっているいくさを避けるのも兵法のうちよ」

「真田流の兵法か」

「長野の」

幸隆が床に両手をついた。

「頼む。ここは、意地を捨ててくれまいか。なるほど、箕輪城は難攻不落の城かもしれぬが、貴殿のもとに集まるのは、しょせん天下の何たるかを知らぬ小土豪ばかり。しかも、武田と北条という大勢力が手を組んでおるうえは、いずれ遠からず……」

「いくさは、やってみねばわからぬ。次に会うときは、戦場じゃな」

晴れやかな顔で言うと、業政は囲炉裏端から腰を上げた。

「まこと、それでよいのか」

幸隆が念を押した。

「たがいに東国の武士らしく、正々堂々と戦おうぞ。そなたに、それが言いたかった」

「待て」

「まだ、何か」

「これから峠越えで帰るのは、夜道が危険ぞ。狼《おおかみ》が出るでな。せめて今宵は、ここへ泊まってゆけ」

引きとめる幸隆に、

「泊まれば寝首をかかれるであろう。狼のほうが、まだましよ」

業政は鼻のわきの皺《しわ》を深めてニヤリとした。

「言いおるわ」

「されば、御免《ごめん》」

真田幸隆に別れを告げると、業政は馬上の人となった。

その背中を皓々《こうこう》と月が照らしている。

六

弘治二年四月——。
武田軍は上信国境の碓氷《うすい》峠を越え、西上野への侵攻を開始した。
大将は、武田晴信の長男義信《よしのぶ》である。
これに従うのは、真田幸隆ら信濃先方衆をはじめ、
飯富《おぶ》兵部少輔《ひょうぶのしょう》虎昌《とらまさ》
同三郎右兵衛尉昌景《まさかげ》（後の山県三郎右兵衛尉昌景）
馬場《ばば》美濃守《みののかみ》信春《のぶはる》
内藤《ないとう》修理亮《しゅりのすけ》昌豊《まさとよ》
原《はら》隼人佑《はやとのすけ》昌胤《まさたね》
両角《もろずみ》豊後守《ぶんごのかみ》虎光《とらみつ》
小宮山《こみやま》丹後守《たんごのかみ》昌友《まさとも》
甘利《あまり》左《さ》衛門尉《えもんのじょう》信忠《のぶただ》
の八手の侍大将ら、八千の軍勢であった。
——武田来《きた》る

の一報は、国境付近に放っていた斥候から、箕輪城の長野業政のもとへただちにもたらされた。

「来たか」

業政はちょうど手入れの最中だった、輪反りの高い猪首鋒《いくびきっさき》の地沸《じにえ》の厚くついた業物《わざもの》から目を上げた。業政の佩刀《はいとう》は、関東管領上杉憲政から拝領したこの来国行《らいくにゆき》と、長野家伝来の志津兼氏《しづかねうじ》、二振りの大刀である。

武士は大小の刀を身に帯びるものだが、城主の長野業政はじめ、箕輪城の侍は好んで大刀二本を腰にぶち込む者が多い。大刀二本とは、それだけでたいそうな重量になり、よほど体力に自信がある者でなければ動きが阻害されてしまう。だが、尚武《しょうぶ》の気風に富む箕輪城の者たちは、大刀二本を腰に差すことを誇りとし、また戦場で同士討ちを避けるための目じるしにもした。

黒革威《くろかわおどし》の甲冑に身を固めた業政は、いつものごとく腰に刀を差そうとして、

（む……）

と、その手を止めた。

自分では昔と変わらぬ気構えだが、五十八歳の身には、さすがに二振りの大刀が重く感じられる。

気は若いつもりでも、体は正直なものである。

しかし、

（泣きごとは言っておられぬ。大将が範をしめしてこそ、士卒も奮い立つものよ……）

業政は、みずからに気合を入れて身支度をととのえ、一族、家臣が集結している箕輪城二ノ丸に出た。

縁起ものの打鮑《うちあわび》、勝栗、昆布をのせた三方を前に、出陣前の三献の儀式をおこない、業政は一同を見渡した。

藤井豊後守友忠《ともただ》
下田大膳太夫正勝《まさかつ》
内田因幡守頼信《いなばのかみよりのぶ》
大熊備中守高忠《びっちゅうのかみたかただ》
八木原《やぎはら》下総守信忠《しもうさのかみのぶただ》
上泉伊勢守信綱

ら、いずれ劣らぬ屈強な面構えをした家臣たちが、板敷きにあぐらをかいている。

長野家の動員兵力は千五百。

八千の武田軍に比べれば寡勢《かぜい》だが、どの男の顔にも恐怖の色は微塵《みじん》もない。むしろ、溢《あふ》れんばかりの闘気に満ちている。

「武田軍が、いよいよ碓氷峠を越えたそうにござるな」

一ノ執権の藤井豊後守が言った。

髭《ひげ》の濃い男である。首が太く、顔が赤黒い。幾多の戦いで業政と苦楽をともにしてきており、上泉伊勢守と並ぶ腹心といっていい。

「やはり、籠城《ろうじょう》が上策かのう」

と言ったのは、下田大膳太夫である。

この男も髭が濃く、大兵《だいひょう》肥満でひときわ声が大きい。

「箕輪城は、難攻不落の要害よ。いかな武田の大軍とて、容易には落とせまい。城内に水は豊富で、兵糧もゆうに半年分のたくわえがある」

下田大膳太夫のひとことに、

「箕輪の城があれば、武田など恐るるに足りぬ」

「そうじゃ！」

男たちが口々に声を上げた。

家臣団の意見は、籠城策が大勢を占めている。

みなの言葉に耳を傾けていた業政は、

「伊勢守はどう思う」

と、それまで黙っていた上泉伊勢守信綱に視線を向けた。

胸板の厚い剛強な体格をした男たちのなかで、上泉伊勢守だけは引き締まったハガネのごとき痩身《そうしん》である。双眸に青ずんだ知的な光があり、いかなるときも平常心を失わない。剣技の精妙さでは、近国でも並ぶ者なく、伊勢守が剣を鞘走《さやばし》らせた瞬間、相手は斬《き》られたという自覚もないまま、一刀両断されている。

「籠城には反対でござりますな」

上泉信綱が業政を見た。

「最初から城に閉じ籠《こ》もるよりも、ここは野戦《やせん》に持ち込むべきでありましょう」

「なにゆえ、そう考える」

業政は聞いた。

「こたびの合戦は、西上野の者どもの心をひとつにすることが肝要と存じます」

「うむ」

「もし、われらが箕輪籠城という消極策に出れば、わが与党の箕輪衆や、ほかの国衆どもも、おのが城に立て籠もりましょう。それでは、兵力が分散した小城を、武田の大軍にひとつずつ潰されていくばかり。ここは、西上野の地侍の結束力を強めるためにも、あえて野戦に打って出て、一揆の力をしめさねばなりませぬ」

「道理じゃな」

業政はうなずき、あらためて一座の男たちに目を向けた。

「ほかに意見のある者は？」

「それがしも、伊勢守どのの考えに賛成でございます」

軍師の石井左京太夫が口をひらいた。

「上州へ侵入した武田勢を、好き放題に暴れさせてはなりませぬ。まずは、緒戦《しょせん》で敵をたたくことで、味方の士気を高めるべきでござろう」

「わしも伊勢守、左京太夫と同意見じゃ。戦いは籠城ではなく、野戦でいく」

業政は揺るぎのない声で言った。

「いくさをするのは人だ。その人の心が、はじめから後ろ向きでは、武田との厳しい戦いを勝ち抜くことはできぬ」

「殿の仰《おお》せのとおりじゃ」

藤井豊後守がうなずいた。

「敵はわれらを、弱小勢力と嘗めてかかっておろう。しかし、それがかえって、もっけの幸い。一泡《ひとあわ》吹かせて、甲斐の連中を大慌《あわ》てさせてくれようぞ」

「おう」

「おうッ！」

ひとたび野戦と決すれば、男たちの気持ちは早くも、存亡を賭けた大いくさへ向けて走りだしている。

「して、殿。武田を迎え撃つ決戦場は、いずこに」

藤井豊後守はじめ、血気にはやる家臣たちのぎらついた眼《まなこ》が、大将の業政に向けられた。

業政は、一同の前にひろげられた差図《さしず》（地図）の一点を軍扇《ぐんせん》の先でしめし、

「安中城《あんなか》の西方だ」

と、言った。

七

——安中城
には、安中左近太夫忠成《ただなり》がいる。

忠成は箕輪衆ではない。独立した国衆である。

しかし、業政の兄業氏《なりうじ》（若くして死去）の娘を妻にしており、長野氏にとって信頼できる縁者であった。

その左近太夫忠成の守る安中を拠点とし、

「東山道《とうさんどう》（中山道《なかせんどう》）を進んでくる武田軍を迎え撃つ」

業政は言った。

ただちに、西上野の一揆勢に伝令が発せられた。

これを受け、業政与党の箕輪衆、日頃から関係の深い厩橋衆《まやばししゅう》、および西上野の国衆たち

が色とりどりの旗指物《はたさしもの》をたなびかせて続々と安中へ集結。その数、じつに総勢一万におよんだ。

つね日ごろからの業政の人望と、武田軍を向こうにまわしての積極策が、血気さかんな上州の男たちの心を揺り動かしたと言える。

「武田の八千に対し、われらは一万。これで優位に立ちましたな」

雨のそぼ降る安中の陣で、上泉信綱が言った。

「たしかに、数の上ではのう」

業政は物憂《ものう》げな顔をした。

「だが、相手は天下無双《てんかむそう》の武田よ。数の力と勢いだけで、たやすく蹴散《けち》らせる相手ではない」

「いかにも」

信綱が顎《あご》を引いてうなずいた。

「剣も、いくさも、おのれの力量を過信せぬことが大事。彼我《ひが》の力を冷静に見定めねばなりませぬ」

「武田を剣の仕合の相手と見立てれば、そなたはどのように戦う」

業政はきいた。

「難しい問いにございますな」

切れ長の目を細め、信綱が皓《しろ》い歯を見せてちらっと笑った。

「それがしならば、後《ご》の先《せん》をとりまする」

「後の先……」

「まずは、相手に仕掛けさせる。そのうえで、敵をこちらの術中に誘い込み、息の根を止める」

「われら上州者には、後の先の策は合わぬな」

「さよう。勇み立ってみずから仕掛けるのが、上州者の好みにござれば」

「しかし、ここは策を用いねばならぬ。そなたの言うとおり、まず武田に仕掛けさせ、地の利を生かして急襲する」

業政は言った。

翌朝――。

雨が上がった。だが、あたりにはうっすらと霧が立ち込めている。

松井田方面から、武田軍が東山道を東へすすみはじめたとの情報が、湛光風車《たんこうふうしゃ》配下の虚無僧《こむそう》から安中城へもたらされた。業政は、普化宗《ふけしゅう》の虚無僧を束ねる湛光風車のために、慈上寺《じじょうじ》なる寺を箕輪城の南に築き、その一団を忍びの者として使っている。

「出陣じゃ」

黒革威の甲冑に身をかためた業政は、来国行と志津兼氏、二振りの大刀をつかんで立ち上がった。

籤引きで取り決められたとおり、一揆勢の先鋒は倉賀野左衛門五郎、羽尾修理亮がつとめる。

それにつづき、第二陣の和田八郎業繁、八木原与十郎、須賀谷筑後守、金井《かない》小源太秀景《ひでかげ》、上田又次郎、萩谷加賀守らが、先を争うように城から打って出た。

第三陣は大戸左近兵衛、小熊源六郎、依田新八郎、長塩左衛門四郎。

さらに業政の本陣が進み、安中左近太夫忠成、小幡図書助景定、後閑《ごかん》長門守、長野藤九郎らの後陣が、白旗を風にたなびかせて東山道を西へ駈ける。

白旗は一揆衆の旗印である。西上野の地侍たちは、おのおのの軍旗とともに、団結のあかしとして白旗をかかげている。

長野業政ひきいる上州一揆勢が、武田軍と遭遇《そうぐう》したのは、安中と松井田のちょうど中間に広がる、

——瓶尻ケ原《みかじりがはら》

であった。

先に仕掛けたのは武田方である。

碓氷川の左岸に展開して、なかなか動きをみせない上州勢に対し、武田勢の飯富昌景、馬場信春、両角虎光らの隊が痺《しび》れを切らしたように殺到した。

（真田は……）

と、後方の本陣から業政が見ると、武田諸将の旗にまじって、六連銭の真田の軍旗がひるがえっている。

横に控えていた一ノ執権の藤井豊後守も、同じ旗をみとめたらしく、

「恩を仇で返すとは、このことでございますな」

悔しげな表情でつぶやいた。

業政は歯牙《しが》にかけるふうもなく、

「戦場で正々堂々、太刀打ちできるとは、おおいに結構。幸隆も生きるために必死であろう。こちらも死に物狂いで戦うまで」

と笑った。

戦いは武田方が一方的に押しまくり、上州軍は劣勢に立たされた。騎馬《きば》軍団の機動力の前に、兵たちは逃げまどい、なすすべもなく退いてゆく。

だが、それこそ業政の策である。

決戦に先立ち、先鋒の倉賀野左衛門五郎、羽尾修理亮の両名に、

「けっして無理はするな。敗れたふりをして、敵をできるだけ深く、こちらの陣へ引き入れるのだ」

と、言い含めてあった。倉賀野と羽尾は、その命令を忠実に実行した。

火のような勢いで、武田勢が業政のいる本陣の手前、わずか三町《ちょう》のあたりまで押し出してくる。

それを見ても業政は動かず、じっと事態を静観している。

逆に、十九歳の若い敵将武田義信のほうが、

「上州勢は口ほどにもない。一気に蹴散らしてしまえッ!」

と、第二陣を投入してきた。

武田勢の第二陣は、内藤昌豊、原昌胤らの諸隊である。内藤隊、原隊は先鋒の後を追うように、上州一揆勢の陣へとなだれ込んできた。

ここでようやく、業政は床几《しょうぎ》から腰を上げた。

「いまぞッ! 武田勢を左右から押しつつめッ!」

業政は金色《こんじき》の采配を振るって叫んだ。

下知《げじ》に応じ、上州勢二陣の和田八郎、八木原与十郎、須賀谷筑後守、金井小源太らの諸隊が、鶴が翼を広げるように、左右に大きく展開して敵を押しつつんだ。鶴翼《かくよく》の陣形である。

武田勢の勢いは止まらない。

その真正面へ、今度は上州勢三陣の大戸左近兵衛、小熊源六郎、依田新八郎らが喊声《かんせい》とともに突っ込んでゆく。

両軍入り乱れての乱戦となった。

すでに陽は高くのぼり、霧は晴れ上がっている。

武田勢の突進を、大戸、小熊らが食い止めているあいだに、両翼に広がっていた上州一揆勢が横合いから弓矢で攻撃を仕掛けはじめた。

さすがに、猛者《もさ》ぞろいの武田軍団の足が止まった。矢に当たって落馬する者が続出する。

開戦から半刻——。

しだいに西上野一揆勢が、武田軍を圧倒しはじめた。

八

長野業政は思わず鐙《あぶみ》を踏ん張り、馬の鞍《くら》から腰を浮かせて勇み立った。

（一揆勢が、武田の騎馬隊を圧倒しておるわ。おのおのの力は小さくとも、それがひとつにまとまれば、巨岩を揺るがすこともある……）

武田勢を鶴翼の陣で押しつつむ西上野一揆勢の策が、みごとに功を奏している。

「いまぞ、ひるむなッ！　進め、進めーッ！」

声を張り上げ、業政は采配を大きく振った。

兵たちが果敢に、敵に立ち向かってゆく。

（いまのところ、流れはわが方にある……）

業政は目を細めた。

だが、いくさの潮目が、いつどのようなきっかけで一変するか知れぬことを、長い戦場経験のなかで業政は十分に承知している。

（潮目が変わらぬうちに、叩《たた》けるだけ叩いておくことだな）

業政は、本陣の前方に布陣している上泉信綱のもとへ、出撃を命じる使番《つかいばん》を送った。

上泉隊は二十五騎と兵の数こそ少ないが、信綱以下、おのおのが新陰流の武芸を身につけた手だれ揃《ぞろ》いである。

背中につけた、

――浅葱撓《あさぎしない》
をひらめかせ、戦場を真一文字に疾駆《しっく》してゆく。

撓とは、横棒を使わず、縦だけに竿《さお》を入れた特殊な形状の旗指物である。風を受けると、おおきくしなうので、その名がある。浅葱色――すなわち、あざやかな水色の旗指物が、青竜のごとく武田勢に向かって突きすすんだ。

上泉隊は、巧みな剣、槍の技で、敵兵を斬り払い、突き伏せ、次々と斃《たお》してまわる。

瓶尻ヶ原に濃い血臭がただよった。

上泉隊の投入で、西上野一揆勢は押しに押している。

天下の武田勢を相手に、互角以上に戦っているという高揚感が、もともと血の熱い上州の男たちをさらに熱くさせた。

「お味方、勝利にございますな」

一ノ執権の藤井豊後守が言った。

「いや、喜ぶのはまだ早い。敵は百戦錬磨《ひゃくせんれんま》の武田ぞ」

「杞憂《きゆう》にございますわ。このまま勢いに乗って、武田の者どもを国ざかいまで追い散らしてくれましょうぞ」

「その心のゆるみを、わしは恐れておる」

業政はかすかに眉《まゆ》をひそめた。

業政の不安をよそに、西上野一揆勢は快進撃をつづけている。

（このままでは全滅する……）

強気一方だった敵の大将、武田義信もさすがに青ざめた。緒戦で壊滅的な敗北を喫しては、上州攻めの指揮権をおのれにゆだねた父晴信に合わせる顔がない。

「退《の》き鉦《がね》を鳴らせーッ！」

義信は叫んだ。

武田勢が五騎、十騎とまとまり、一揆勢の攻撃をかわしながら撤退していく。それを、西上野の地侍たちの白旗が追った。

退勢に立たされると、普通の軍団は一気に崩れ去るところだが、武田軍はこの期《ご》におよんでも統率が取れている。

本陣近くまで撤退した武田勢は、やがて武田義信の旗本隊を中心に、防御の陣形をととのえだした。ばらばらになっていた諸将の隊が、しだいに整然とした動きを取りもどす。

後方の一揆勢本陣から、業政はそれを冷静に見ていた。

「そろそろ、退《ひ》きどきじゃ」

業政は言った。

「敵は防戦一方になっております。戦いはまだ、これからでござりましょう」

藤井豊後守が異論をとなえた。

「いや、緒戦としては十分な勝利。これ以上の深追いは禁物だ」

「しかし……」

「敵が反撃に出る前に引き揚《あ》げじゃ」

業政は前線へ使番を送った。

だが、撤退命令が出されたにもかかわらず、大半の部隊がもどってこない。

(何をしておる……)

采配を握りしめ、業政は苛立《いらだ》った。

やがて、前線へ出ていた上泉信綱が本陣へ帰還した。

「みなは、なにゆえわが命に従わぬ」

「羽尾修理亮どのと、金井小源太どのの軍勢が、血気にはやって敵本陣へ突っ込んでおります」

「ばかな……」

業政は吐《は》き捨てた。

これこそ、業政がもっとも恐れていた事態であった。

西上野の地侍たちは、みな独立した小領主である。平素は、それぞれが土地の事情に応じた思惑を抱え、利害も異なっている。

だが、

——武田来襲
の大危機に対しては、総員一丸となって立ち向かわねば、自分たちの独立性そのものが崩れ去ることになる。

「羽尾どのと金井どのの功名争いを見て、ほかの地侍どもまでが、我も我もと勝手な行動をはじめております」

「愚《おろ》か者めがッ！」

業政は顔を真っ赤に染めた。

「いま一度、それがしが前線へもどって止めてまいります」

上泉信綱が一礼し、ふたたび馬の背にまたがった。

そのとき――。

西上野一揆勢の足並みの乱れを見て取ったか、武田勢のなかから、大身《おおみ》の槍を抱えた騎馬武者が飛び出してきた。

名を甘利左衛門尉信忠という。父の甘利虎泰《とらやす》が上田原合戦で戦死したのち、家督を相続した二十三歳の若武者である。

信忠のあとに百五十騎がつづき、羽尾、金井勢に向かって攻めかかった。

これに、真田幸隆らの武田勢がつづく。

ふたたび乱戦となり、地力にまさる武田勢が、指揮系統の乱れた西上野一揆勢を圧倒しはじめた。

「退けッ！　退けーッ！」

業政の叫びが、喧噪《けんそう》に満ちた戦場にむなしく響いた。

瓶尻ヶ原の戦いは、武田軍の勝利におわった。

長野業政は敗残の軍勢をまとめ、攻めては退き、退いては攻める、懸《かか》り引きの戦法を用いて撤兵を完了させた。

西上野の地侍たちは、それぞれの居城に引き揚げ、次の戦いにそなえて籠城の態勢をととのえた。

業政も千五百の手勢とともに箕輪城へもどった。
味方が蒙《こうむ》った損害は少なくない。
しかし、
(西上野を、わしがこの身と、この城で死守する……)
業政の戦意は衰えていない。
その箕輪城を、武田の大軍がひたひたと押しつつんだ。

籠城

一

――箕輪城《みのわ》
という城の名は、その形状が箕《み》に似ていることに由来している。

――榛名《はるな》明神の山を形取り城を築く。其《そ》の形箕手《みのて》の如《ごと》し、依《よ》りて箕輪と号す。

と、『上野志』にはある。

箕は割竹を編んで作った農具で、穀物をあおり振るって殻やごみなどを選《え》り分けるときなどに使う。前だけが平べったく開いており、左右と後ろの三方に縁がある。

箕輪城も同じく、前方（南）に、

――椿名沼《つばきなぬま》
という沼地があり、その沼を抱きかかえるように左右から曲輪《くるわ》が突き出している。

攻める側から見れば、何の防御もない南側が攻め易《やす》そうだが、沼地は一度足を取られたらなかなか抜け出せない底無し沼のようになっており、おいそれとは人馬を寄せ付けない仕掛けになっている。

また、沼のどん詰まりには水ノ手曲輪があり、榛名山の伏流水がこんこんと湧《わ》き出していた。ほかに、詰めの曲輪である御前《ごぜん》曲輪にも井戸がある。それゆえ、籠城《ろうじょう》のさいにもっとも重要な水に関しては、箕輪城はまったく不安がない。

城の東から北には、内出《うちで》と呼ばれる家臣たちの住居が曲輪のごとくつらなり、西を流れる白《しら》川の急流とともに、二重、三重の防衛線を形成していた。

「兵糧《ひょうろう》のたくわえはどうじゃ」

城へもどるや、長野業政《ながのなりまさ》は足まめに城内の各所を見てまわった。

「ご心配ごぜえやせぬ。殿さまのお留守のあいだに、在郷の民百姓がごっそり米を運び入れてくれました」

城の米蔵をあずかっている蔵奉行《くらぶぎょう》の中野三郎が言った。

箕輪近在の十文字《じゅうもんじ》村の名主の三男坊だったのを、算勘《さんかん》にひいでているというので、業政が見込んで家臣に取り立てた男である。

「ほう、百姓どもが」

業政は目を細めた。

「このあたりの村々の暮らし向きが、他所《よそ》より楽なのは、長野の殿さまのお陰《かげ》だんべえ。榛名のお山の伏流水を引いた用水の普請《ふしん》やら、飢饉《ききん》のときの施《ほどこ》しやら、物惜しみをせずにやってくんなさる。その殿さまが、甲斐《かい》武田《たけだ》の大軍を相手にいくさをすると申されるなら、いまこそ日頃の恩返しをするときだんべえと、みな口を揃《そろ》えて言っておりやした」

「それは心強いのう」

「いざとなれば、みなお城を守るために石つぶてを投げ、竹槍《たけやり》を取って戦いましょうて」

「民の力は、ときに万軍の兵にも勝るものだ」

業政は低くつぶやき、中野三郎の肩をたたいてその場をあとにした。

民を大事にせぬ領主が治める国は、いかにいくさが強くとも、やがて国力が衰えていく。田畑を耕す民こそが国の財《たから》であり、力のみなもとになると業政は考えている。

じっさい、業政の代になって積極的に治水事業をおこない、養蚕《ようさん》を保護した結果、村々の生産力は高まり、商人が城下に集まっておおいに栄えるようになった。

業政が武田の大軍を相手にしても、

（十分、勝負になる……）

と踏んだのは、目くばりの行き届いた民政に裏打ちされた、経済力あってこそのことである。

業政はさらに、二ノ丸、三ノ丸、木俣《きまた》、水ノ手曲輪、鍛冶《かじ》曲輪、蔵屋敷、稲荷《いなり》曲輪、通《みち》仲《なか》曲輪、御前曲輪と、順々に見てまわり、兵たちに声をかけ、備えに抜かりがないか自身の目で検分した。

そのあいだにも、武田の軍勢八千は、東の大手と、南の搦手《からめて》を蟻《あり》の這《は》い出る隙《すき》もなくかためつつある。

業政の老いた頰《ほお》に、

(来るなら来てみよ……)

不敵な笑いが刻まれた。

本丸御殿へもどった業政は、腹ごしらえのために大台所へ行った。

今朝方からほとんど飯を食っていない。

「おふく、湯漬《ゆづ》けをッ!」

大声で女房を呼ばわりながら、大台所わきの囲炉裏《いろり》ノ間に足を踏み入れた業政は、一瞬、ぎょっとした。

娘たちが顔を揃えている。

それも、ひとりやふたりではない。

小幡景定《おばたかげさだ》のもとへ嫁いだ二女の奈津《なつ》をはじめ、木部《きべ》宮内少輔《くないのしょう》、大戸《おおど》左近兵衛《さこんびょうえ》、和田《わだ》八郎業繁《なりしげ》、倉賀野《くらがの》左衛門五郎《さえもんごろう》、羽尾《はねお》修理亮《しゅりのすけ》、浜川《はまかわ》左衛門尉《さえもんのじょう》、依田《よだ》新八郎《しんぱちろう》ら、箕輪衆のもとへ縁づいた業政の娘たちが、額に絞《し》めた鉢巻《はちまき》も凜々《りり》しく、握り飯を作るおふくを手伝っていた。

「そなたたち……。いつの間に、城へ入っていた」

業政は顔をしかめた。

娘たちは、それぞれの夫とともに嫁ぎ先の城を守っているものとばかり思っていた。

「みな、お城が武田の軍勢に取り囲まれるより前に、おまえさまをお助けせんものと命懸《いのちが》けで駈《か》けつけて下されました」

女房のおふくが言った。

「そのようなこと、わしは頼んだおぼえはないぞ。それに、いまのいままで、どこに身を隠しておった」

「わたくしたちが入城したことを知れば、父上はすぐに追い返そうとなされましょう。義母上《ははうえ》にお頼みし、いくさがはじまるまで、父上には内密にしていただいたのです」

父の渋面《じゅうめん》などどこ吹く風で、奈津がほかの姉妹たちと目配《めくば》せをした。

おふくは澄ました顔で黙っている。長女の志津と二女の奈津は先妻腹で、妹たちもそのほとんどが、おふくが腹を痛めた娘ではない。だが、おふくと娘たちは実の親子よりも仲がよく、業政の知らぬところで、夫の愚痴《ぐち》などをこぼし合っているようだった。

ひとつには、おふくの姐御肌《あねごはだ》でおおらかな気立てもあろう。それ以上に、娘たちを強く結びつけているのは、嫁ぐ前に父業政から申し渡された、

――西上野《にしこうずけ》の衆の心をひとつにまとめ上げるのは、そなたたちの血の絆《きずな》よ。おのが役目

を忘れてはならぬ。

という言葉だった。

この城に生をうけた娘たちの心得といってもいい。

「愚《おろ》か者めらがッ。夫とともに居城《きょじょう》を守らずして、何とするつもりだ。そなたたちがおらねば、婿《むこ》どのらがいつ離反するやもしれぬぞ」

「それは逆でございます、父上」

奈津が言った。

「夫の性根《しょうね》を見定めるため、わたくしたちは箕輪の城に入ったのです」

「なに……」

「お奈津姉上の申されるとおりです」

羽根尾城の羽尾修理亮に嫁いでいる八女の宇多《うた》が横から口を挟んだ。

宇多は業政の側室お佐江《さえ》が生んだ娘で、姉妹のなかでも群を抜く器量よしだが、城主夫人におさまったあとも平気で馬を乗りまわすほどの男まさりで気が強い。頭がよく、口も達者である。

「わたくしたち姉妹が子を連れて入城すれば、夫たちの心がどれほど武田の調略に揺れたとて、父上を裏切ることはできぬでありましょう」

「それは、道理であるが」

「みなで話し合って決めたことでございます。いつの世も、殿御《とのご》の心を最後につなぎとめるのは、おなごの黒髪でございましょう」

羽尾修理亮は、宇多にぞっこん惚《ほ》れきっていると聞いている。きらきらとした黒目の大きな宇多の瞳には、女の自信がみなぎっていた。

「仕様《しよう》のないやつらだ」

「おまえさま、おっきりこみを」

女房のおふくが、頃合いを見はからったように腰を上げた。おっきりこみは煮込みうどんの一種で、山国の西上州では主食に等しいものだった。

二

腹ごしらえをすませ、業政は台所から居室《きょしつ》へもどった。

(女どもにはかなわぬ……)

上州には、

——かかあ天下とからッ風

という言葉がある。

けっして男に対して威張っているとか、でしゃばり過ぎるという意味ではなく、上野の女たちは働き者で意志が強く、肉親への愛情が濃い。

業政の娘たちも、唯々諾々《いいだくだく》と親や夫の言いつけに従うというのではなく、それぞれ自分自身のはっきりとした考えをもって行動している。

だからこそ頼りにもなり、娘たちを介して一族の結束をはかることができる。

(さて……)

業政は円座にあぐらをかき、太い梁《はり》のめぐらされた天井を睨《にら》んだ。梁と梁のあいだに、深い闇《やみ》が満ちている。

と――。

その闇がみるみる形をなし、ひとつの大きな影となって、音もなく業政の目の前に降りてきた。

「湛光風車《たんこうふうしゃ》か」

「はッ」

大柄な体に墨染《すみぞめ》の衣《ころも》と袈裟《けさ》をまとった、黒々とした総髪《そうはつ》の男が、業政に向かって頭を下げた。

普化宗《ふけしゅう》の虚無僧《こむそう》を束ねる湛光風車である。

業政は、湛光風車配下の虚無僧たちを敵陣の近辺に放っていた。

「ようすはいかがであった」

業政は聞いた。

頬骨の突き出た湛光風車が顔を上げ、

「敵の大将武田義信《よしのぶ》は、本陣を今宮に構えております」

と、報告した。

今宮は、箕輪城から半里（約二キロ）東に位置している。籠城戦になった場合、敵がそのあたりに陣を布《し》くであろうことを、業政はあらかじめ予想していた。

「ほかの武将たちの持ち場は？」

「真田幸隆《さなだゆきたか》ら信濃先方衆《さきかたしゅう》、および飯富虎昌《おぶとらまさ》、馬場信春《ばばのぶはる》、両角虎光《もろずみとらみつ》らの武田譜代衆四千は、城の大手口に布陣。搦手口は、内藤昌豊《ないとうまさとよ》、原昌胤《はらまさたね》、小宮山昌友《こみやままさとも》ら二千の軍勢が隙間なくかためておりまする」

「敵は力攻めで来るかのう」

業政は顎《あご》を撫《な》でた。

敵が正面から力攻めで来れば、それに対する備えはいろいろと考えてある。

唯一、気がかりなのは、武田方の先鋒《せんぽう》にいる真田幸隆が、箕輪城の構造や、上州一揆《いっき》勢の内情を熟知していることであった。

（いささか厄介《やっかい》ではある……）

とはいえ、幸隆が箕輪城を去ったのち、業政は幸隆の知らない新たな仕掛けを城内の各所にほどこしている。

湛光風車にさらなる諜報《ちょうほう》活動を命じると、業政は上泉信綱《かみいずみのぶつな》を呼んだ。

信綱は小具足《こぐそく》姿である。

いつも身だしなみのよいこの男も、さすがに頬のあたりに無精髭《ぶしょうひげ》を生《は》やしている。寝る間を惜しんで働いている証拠であろう。

「お呼びでございましょうか」

「内出のこと、抜かりはなかろうな」

「はッ」

「兵の配置は？」

「万事、仰《おお》せの如《ごと》くととのえてございます。手だれの者を五十人ばかり選び、いつなりとも出撃できるように待機させておりますれば」

「それでよい」

業政はうなずいた。

「いまひとつ、そなたにやってもらわねばならぬ仕事がある」

「何でござりましょうや」

「武田方に米を売るなと、近在の百姓たちに触れてまわれ」

「兵糧を断つのでござるな」

「いかほどの銭を積まれようと、敵に米一粒、干魚一匹、売ってはならぬ。もし、武田の兵に狼藉《ろうぜき》を働かれそうになったら、蔵の米を荷車に積み込んで榛名山へ逃げ込めと伝えるのだ」

「このあたりの男は百姓であっても、みな気骨がございますからな。日ごろ、恩義を感じている殿の仰せとあらば、喜んでご命令に従いましょう」

「勝負は、ここ半月といったところじゃな」

業政は口もとに太い笑いを浮かべた。

「敵は八千の大軍よ。兵たちの腹を満たすのに、日に二十四石の米がいる。どのみち、いくさは短期に片づくであろうとあなどって、十分な兵糧を用意して来てはいまい。そこを衝《つ》くのだ」

「されば、さっそく使いの者どもを」

「稲荷曲輪からの抜け穴を使え。敵はわが箕輪城から、縦横に抜け穴がめぐらされているとは夢にも知るまいて」

「はッ」

上泉信綱が去ったあとも、業政の居室には家臣たちが次々と出入りした。

業政は夜更《よふ》け過ぎまで、家臣たちにさまざまな指示を下し、明け方近くなってようやく仮眠をとった。

浅い眠りのなかで、夢を見た。

いくさの夢だった。

あたりに冷えびえとした夜の闇が満ちている。草摺《くさずり》の音が響き、ツンとした金気と血の臭《にお》いが鼻をついた。

（河越《かわごえ》の夜戦か……）

遠い記憶に刻まれた情景が、暗がりの向こうに広がった。

武蔵《むさし》河越城において、

――河越夜戦
があったのは、いまから十年前、天文十五年（一五四六）のことである。

もともと河越城は、扇ケ谷上杉《おうぎがやつうえすぎ》氏の居城であった。しかし、天文六年、相模《さがみ》小田原城主の北条氏康《ほうじょううじやす》がこれを奪取。以後、武蔵における北条氏の前線基地となっていた。

この北条氏の北進に危機感を抱き、河越城攻略に乗り出したのが、関東管領《かんれい》上杉憲政《のりまさ》である。

憲政は古河公方《こがくぼう》足利晴氏《あしかがはるうじ》を説得して味方につけ、長野業政ら関東の諸将に大動員をかけた。

城将北条綱成《つなしげ》らの籠《こ》もる河越城を包囲した上杉憲政は、当初、大軍にものをいわせて力攻めに攻めつけた。しかし、城方の抵抗は激しく、戦いは持久戦の様相を呈しはじめた。

そのとき、小田原の北条氏康から、

「和睦《わぼく》をしたい。河越城を開城させるゆえ、城兵どもを赦免《しゃめん》して欲しい」

と、講和の申し入れがあった。

これは上杉方を油断させる策略で、ひそかに河越へ出陣した北条氏康は、城内の兵と呼応して上杉陣に夜討《よう》ちをかけてきた。

「父上ーッ！　父上ーッ！」

花冷えのする闇のなかに、聞きおぼえのある若者の声が響き渡った。

（吉業《よしなり》ッ……）

業政は十六歳になったばかりの息子の名を呼ぼうとした。

が、声が出ない。

「父上、それがしが敵を防いでいるあいだにお逃げ下さいッ」

振り返った瞬間、吉業の具足の脇を敵の槍が刺し貫いていた。

視界が真っ赤に染まった——と思ったとき、業政の夢は醒《さ》めた。

胸の動悸《どうき》が激しくなっている。

河越夜戦で、父をかばって深手をおった業政の長男吉業は、その疵《きず》がもとで、それからほどなく箕輪城内で息を引き取った。

（吉業……）

握りしめた手に、ほのかな温もりが残っていた。

三

箕輪城を囲んだ武田軍の攻撃がはじまったのは、その日、早朝のことである。

地の底から湧き上がるような、鬨《とき》の声が聞こえた。

「殿ッ！」

急を告げるべく、上泉信綱が廊下を踏み鳴らして駈けつけてくる。

「敵が……」

「わかっておる」

「はッ」

「委細、手筈《てはず》どおりにせよ。一歩たりとも、敵を城内へ入れるな」

「承知」

信綱の足音が、ふたたび遠ざかっていった。

業政は来国行《らいくにゆき》と志津兼氏《しづかねうじ》、二刀をつかんで立ち上がった。

（吉業よ……）

明け方の夢にあらわれた息子に、胸のうちで業政は呼びかけた。

（今一度、父を……。この城を守ってくれるか）

目を閉じたが、吉業の面影は乳色の靄《もや》がかかったがごとく朧《おぼろ》なものになっている。さきほどまでは、夢にありありと映じていた息子の姿が、いまは思い出そうとしても瞼《まぶた》の裏に描くことができなかった。

（この戦いは、逃げも隠れもできぬわし自身の戦いということか）

部屋を出たとき、業政の表情は亡き長男を哀惜する父の貌《かお》から、鬼をもひしぐ武将の貌に一変している。

東の大手口から攻めかかってきたのは、真田幸隆をはじめとする武田軍の信濃先方衆、および飯富昌景《まさかげ》、馬場信春、両角虎光らの譜代衆である。

南西の搦手口からは、内藤昌豊、原昌胤、小宮山昌友らの諸隊が押し寄せた。

攻城軍は総勢八千。

箕輪城内に立て籠もる軍勢は、箕輪衆、厩橋衆、国衆らが、それぞれの城へ引き揚《あ》げたために、千五百の寡勢《かぜい》になっている。

武田軍は数を恃《たの》んで、力攻めに押してくる。

遠征軍をひきいる大将の武田義信には、

（敵の首魁が立て籠もる城を一息に揉《も》み潰《つぶ》さねば、父上に対して面目が立たぬ……）

という意識がある。

武田家の嫡男《ちゃくなん》としての意地と誇りが、若い義信を必要以上に熱くさせていた。

だが、大将の意気込みとうらはらに、武田軍は箕輪城を攻めあぐねた。

「搦手口の内藤勢、原勢、小宮山勢、みな榛名沼のぬかるみで立ち往生《おうじょう》いたしてございまするッ」

今宮の武田本陣に、苦戦を伝える使者が駈け込んできた。

箕輪城の搦手側には、白川の断崖《だんがい》と榛名沼の湿地帯が立ちふさがっている。武田自慢の騎馬隊も、沼のぬかるみに足を取られては、本来の機動力を発揮することができない。

そこへ、

「いまだ、撃《う》てッ。撃てーッ!」

城壁の矢狭間《やはざま》から矢が射《い》かけられ、石弓《いしゆみ》で石がはじき飛ばされた。落馬する者が続出する。石の直撃を受け、その場で即死する者もいた。

一方——。

東の大手口にも、長野業政は仕掛けをほどこしている。

それが、

——内出
である。

内出は、曲輪のごとくつらなる家臣団の住居群である。平素はたんなる生活の場だが、ひとたび籠城となれば、居館《きょかん》が二重、三重の防御線となって、敵の進撃をはばむ役割を果たす。

内出の役目はそれだけではない。

「たかが、空き屋敷だ。かまわずに進めッ！」

武田の兵たちが塀を乗り越え、門を打ち破って突破口を切り拓《ひら》こうとすると、人気《ひとけ》がなかったはずの屋敷から、突如、十人、二十人と城方の一隊があらわれ、遊撃戦を展開する。彼らは、内出のいたるところに神出鬼没《しんしゅつきぼつ》に出現し、武田勢に打撃を与えては霧のごとくかき消えた。

「長野め、手妻《てづま》（手品）を使いおるかッ」

大手を受け持つ飯富昌景、馬場信春ら、武田軍の名だたる猛将が、思うようにならぬいくさに苛立《いらだ》ちをつのらせ、目を吊り上げて歯ぎしりした。

かつて経験のない城方の攻撃に、武田の兵たちは戸惑《とまど》い、完全に足並みを乱している。

「内出に蟻の巣のごとく張りめぐらした抜け穴が、みごと功を奏したようでございますのう」

一ノ執権の藤井《ふじい》豊後守《ぶんごのかみ》が、味方有利に展開しつつある戦況を御前曲輪の物見台から眺《なが》め下ろしながら言った。

「安心するのは、まだ早かろうぞ」

豊後守と並んで立つ業政は、いささかも表情をゆるめていない。

「敵方には真田がおる」

「さしもの真田幸隆も、殿が新たに掘らせた抜け穴の仕掛けまでは承知しておりますまいて」

「だが、同じ手は何度も使えぬ。次の一手を、早々に打っておかねばなるまい」

業政はつぶやいた。

その日、箕輪城は大手、搦手、二方向からの敵の攻撃をまったく寄せつけぬまま、夕暮れを迎えた。

日が暮れると武田軍は戦闘を停止し、篝火《かがりび》を焚《た》いて野陣する。

箕輪城の将兵たちも、城の要所要所に夜襲にそなえた不寝番《ふしんばん》を立たせ、つかの間の休息をとった。

城内の兵糧は、いまのところ豊富である。

業政の妻おふくの指揮で、宇多や奈津ら娘たちが炊《た》き出しをおこない、おっきりこみを下士《かし》にまで配ってまわった。

業政は城内の曲輪を歩きながら、士卒たちにねぎらいの言葉をかけ、肩をたたいて励ました。

武田のような大大名なら、大将は泰然と床几《しょうぎ》に腰をすえておればよいところだが、弱小勢力の業政にとっては兵たちとの心の結びつきが何よりの力になる。

「よく戦ってくれたな」

「明日からは、もっと激しいいくさになろう。頼りにしておるぞ」

ひとりひとりのやる気をかき立て、明日の戦いにつなげていくのも、業政の仕事のひとつである。

(さて……)

ひとめぐり陣中を見まわった業政は、御前曲輪の井戸端に腰を下ろした。

孫子《そんし》の兵法《へいほう》に、

――兵は詭道《きどう》なり。

という。

兵数が多く、力の強い者は、たいした労を費やさずとも戦いに勝つことはたやすい。しかし、わずか一千五百の城方が、八千の武田勢を撃退するためには、さまざまな工夫をこらす必要がある。

詭道とは、弱者が強者と対等に伍《ご》していく知恵にほかならない。

(内出はたしかに役に立つものだが、火をかけられ焼き払われてしまったら、それで終わりだ。もっと何か、敵を混乱させる手はないか……)

業政は空を見上げた。

星が散っている。

またたく星を眺めているうちに、業政の胸にある思案が浮かんだ。

四

籠城戦は、あくる日も、またその次の日もつづいた。

業政が危惧《きぐ》したとおり、内出を使った奇襲に手を焼いた敵は、城を二重、三重に取り巻く侍屋敷に火をかけ、これをことごとく焼き払った。

焼け野原となった内出の跡に、真田幸隆の六連銭《むつれんせん》の旗がひるがえっているのを、業政は城の二ノ丸の櫓《やぐら》から見た。

「いかがなされます、殿」

藤井豊後守が、やや蒼《あお》ざめた顔で駈けつけてきた。

「三郎を呼べ」

「三郎とは、蔵奉行の中野三郎でございますか」

「ほかに誰がおる」

「あの者は百姓の出でございますぞ。炭、薪《まき》や米の買い付けならともかく、いくさのお役には……」

「よいから、呼んでまいるのだ」

「はッ」

 藤井豊後守は、そばに控えていた若党に蔵奉行の中野三郎を呼んでくるよう命じた。

 ほどなく、中野三郎がやってきた。蔵奉行という役目柄、籠城中でも重い甲冑は身につけていない。

「何ごとでござりましょうや」

片膝《かたひざ》をついた三郎が、髭《そ》の剃りあとの濃い色白の顔を業政に向けた。

「そなた、近在の百姓どもに顔がきくな」

「いささか」

「これは命というより、わしの頼みだ」

業政は中野三郎を手招きし、その耳もとに口を近づけて低くささやいた。

「どうだ、頼まれてくれるか」

「大恩ある殿さまのお頼み。お断りしては、罰《ばち》が当たるべえ」

「では、委細まかせたぞ」

「へえ」

中野三郎が櫓を下りて立ち去ると、業政はふたたび藤井豊後守のほうに向き直った。

「今夜、敵陣に夜襲をかける」

「なんと……」

豊後守が驚いた顔をした。

「夜襲と申されましても、武田の陣では多数の不寝番が交替で見張りをしておりますぞ。とてものことに、付け入る隙はござりますまい」

「隙がないなら、こちらで作ればよいのだ」

業政は皓《しろ》い歯をみせてちらりと笑った。


その夜――。

箕輪城の大手口をかためていた武田方の真田幸隆は、

「奇妙なことがございます」

という家臣の声に、戦陣の浅い眠りを破られた。

「どうした」

「榛名山の山頂のほうに、松明《たいまつ》がともっております」

「何……」

幸隆は身を起こした。

箕輪城は、榛名山の東南麓《とうなんろく》に築かれている。幸隆が山の方角を見上げると、なるほど狐《きつね》火《び》が浮かぶように、松明の明かりがともっていた。

それも、ひとつやふたつではない。

ぽっ

ぽっ

と、明かりはしだいにその数を増し、百、五百、いや千近くにまで増えていった。

(敵の援軍が来たか……)

幸隆は顔をしかめた。

瓶尻ヶ原《みかじりがはら》で武田軍に敗れた西上野の地侍《じざむらい》たちは、それぞれの城に籠もり、備えをかためている。

しかし、地侍たちのなかには長野業政の娘を妻にしている者が多い。武田の大軍に城を囲まれた舅《しゅうと》業政の危機に、婿たちが連携してそれぞれの城から押し出してきたのかもしれない。

しかし、

(それにしては……)

山肌をゆっくりと下りてくる松明の動きが、どうもおかしい。

幸隆は、夜の闇に浮かぶ明かりの行列を睨み、

「草《くさ》ノ者《もの》(忍び)を放てッ!」

と、命じた。

真田家は、上信国境にそびえる霊山、

——四阿山《あずまやさん》の山伏《やまぶし》をおのが手足として使っている。むろん、彼らは戦陣にも従い、幸隆の目、耳となって働いていた。

幸隆は今宮の武田義信の陣に急行し、ことの次第を報告した。

義信の陣も、すでに榛名山の松明に気づいており、人馬が騒然としている。

「西上野一揆の軍勢じゃ」

義信が興奮した面持ちで言った。

「返り討ちにしてくれる。そなたも手勢をひきい、すぐさま出陣せよ」

「お待ち下さいませ」

幸隆は、義信を制止した。

「敵の援軍を迎え撃つことはむろんでございますが、それに呼応して城方が討って出るやもしれず。城への備えに、軍勢の半分をお残し下さいませ」

「その必要はない」

義信は断ずるように言い放った。

「箕輪の者どもは、貝のごとく城内に閉じこもって手も足も出せぬ。あとに残すは、最小限の人数で十分」

「城主の長野業政は、歴戦のつわものでございますぞ。あなどって備えを怠れば、とんだ煮え湯を飲まされましょう」

「大将のわしに意見するかッ!」

義信が声を荒らげた。

武田晴信《はるのぶ》の嫡男義信は、弱冠十九歳の若武者である。

血気さかんな年齢であるうえに、武田軍の強さに満々たる自信と誇りを持っている。ことにこの年は、三管領に準ずる格式を京の将軍足利義輝《よしてる》から授けられたばかりであり、その華やかな地位にふさわしい手柄を挙げようと、出陣前から気負い立っていた。

「されば、せめてそれがしが榛名山へ放った斥候《せっこう》がもどるまでお待ちを……」

幸隆はなおも食い下がったが、

「くどい」

義信に一蹴《いっしゅう》され、やむなく引き下がった。

それでも、幸隆の言うことに一理あると思ったか、武田義信は箕輪城の大手、搦手に五分の一の人数を留め置き、残りの軍勢を榛名山の方角へ向かわせた。

真田幸隆が怪《あや》しんだとおり、山肌に列をなす松明の群れは、中腹まで下りてきたかと思うと、また山頂へ向かって引き返しはじめるなど、その動きが奇妙きわまりない。

(これはもしや、長野どのが仕掛けた罠《わな》か……)

胸の動悸が激しくなったとき、幸隆がすすめる馬の足もとに、

「申し上げます!」

と、山伏が転がり込んできた。

斥候に放っていた四阿山の山伏である。柿色の衣が、泥と汗にまみれている。

「敵のようすはいかに」

幸隆は馬上から問うた。

「山上に、敵は一人もおりませぬ」

「何ッ!」

「松明をかかげているのは、近在の百姓どもばかり。筵《むしろ》を旗代わりに押し立て、軍勢がそこにおるかのように、山を行きつ戻りつしております」

「謀《はか》られたか」

真田幸隆は振り返った。

背後の闇で、

——わッ
と、喊声《かんせい》が上がった。

五

夜の闇に響いた時ならぬ喊声は、箕輪城から打って出た長野方の将兵たちのものであった。

武田軍の主力は榛名山の松明に引きつけられてしまい、城の大手、搦手に残っている兵は少ない。

城方の夜襲隊をひきいるのは上泉信綱だった。兵たちは同士討ちを避けるため、具足の袖《そで》に目じるしの白い布をつけている。

白布をたなびかせる一団が、疾風のごとく武田勢に襲いかかった。

戦いは、虚を衝いたほうの勝ちである。

上泉信綱に仕込まれた手だれの者たちの斬撃《ざんげき》に、武田兵は恐慌におちいり、なすすべもなく斬《き》り倒される者、あるいは持ち場を離れて逃げ出す者が続出した。

四半刻《しはんとき》（三十分）ほど暴れまわって、

（そろそろ潮時……）

と判断した信綱は、

「者ども、引き揚げじゃーーッ！」

兵たちに号令をかけ、退き鉦《のがね》を打ち鳴らさせた。

それを合図に、夜襲隊は来たときと同じく風のごとく城へ引き揚げ、大手、搦手の城門を内からぴたりと閉ざした。

大将の武田義信ら、武田軍の主力が引き返して来たときには、箕輪城はふたたび沈黙につつまれている。

この夜の戦闘による武田方の死傷者は、三百人を超えた。長野業政の鬼謀《きぼう》に翻弄《ほんろう》された結果である。

「おのれ、業政め」

義信は形のいい下唇《したくちびる》を嚙《か》んで悔しがった。

武田義信は、その後もやっきになって箕輪城を力攻めした。しかし、箕輪城の堅い守りを突き崩すことはできない。

攻城戦が長引くにつれ、当初、嘗《な》めてかかっていた武田の将たちのあいだにも、焦りの色が濃くなってきた。

武田方にとってなお悪いことに、警固の隙を縫《ぬ》って、業政配下の虚無僧衆が跳梁《ちようりよう》。甲斐から運んできた兵糧に、油をかけ火を点《つ》けてまわった。

ために、遠征軍の兵糧はたちまち枯渇した。

周辺の村々で調達しようにも、近在の百姓たちは武田軍に米、麦を売るどころか、荷車に積み込めるだけの食糧を積み込んで、榛名山へ逃げ込んでしまっている。

これには、つわもの揃いの武田の将たちも頭を抱えた。兵たちの腹を満たす兵糧がなくては、戦線を支えることができない。

開戦から一月《ひとつき》――。

陣中に重苦しい空気がただよいはじめていた矢先、甲斐躑躅ヶ崎館《つつじがさきやかた》の武田晴信から急使が来た。

「全軍、ただちに上野から引き揚げるようにとの、お屋形《やかた》さまのご命令でございます」

「なに……」

父晴信から遠征軍の指揮をゆだねられた義信は目を剝《む》いた。

「父上は、わしに上州を平らげる力がないと仰せか」

「そうではございませぬ」

使者は首を横に振った。

「信濃川中島平《かわなかじまだいら》の長尾景虎《かげとら》勢に不穏の動きあり。ことに、埴科《はにしな》郡の尼飾《あまかざり》城に立て籠もった、村上義清残党の東条《ひがしじょう》一族の動きが急とのこと。いまは上信両国に兵を割《さ》くよりも、信濃に戦力を集中したほうが得策との、お屋形さまのご判断にございます」

「む……」

義信が軍扇《ぐんせん》を持った右手を握りしめた。

口惜《くちお》しい思いはある。

だが、武田軍団において棟梁《とうりょう》たる晴信の命に背くことは許されない。

しばし、押し黙ったのち、

「相わかったと、お屋形さまにお伝えせよ」

義信は苦い顔で返答した。

「はッ」

使者が去ったのち、武田義信は軍扇を床几にたたきつけた。

武田軍はただちに箕輪城の囲みを解き、西上州からの撤退をはじめた。

西へ遠ざかっていく武田の兵たちの旗指物《はたさしもの》の行列を見送りながら、本丸、二ノ丸、御前曲輪と、城内のあちこちで、

——わッ
大きな歓声が上がった。

「われらは武田軍を撃退したぞッ！」

「箕輪の城は、一月の猛攻にも耐え抜いた難攻不落の要塞《ようさい》じゃ」

「武田、恐るるに足らず」

興奮した城兵たちが、口々に雄叫《おたけ》びを上げた。

城方は変幻自在の夜襲で武田の遠征軍に少なからぬ被害を与えたが、みずからの軍勢は

ほとんど無傷といっていい。

「殿、勝ちましたな」

一ノ執権の藤井豊後守が、感情を押さえ切れなくなったように声を震わせた。

「敵が勝手に引き揚げただけだ。勝利ではない」

「いやいや」

豊後守は目尻に皺《しわ》を寄せた。

「八千の敵勢を向こうにまわして、われらは一歩も引かず、みごとにこれを退散させたのでござる。これを勝利と言わずして、何と申しましょう」

「…………」

「ちょうど、姫御前《ひめごぜ》がたも城におられます。婿どのをみなお呼びして、祝いの宴《うたげ》を催しましょうぞ」

「余計なことはするな。いまだ、浮かれている場合ではあるまい」

業政は釘《くぎ》を刺したが、一日、二日と経《た》ち、武田軍の撤退が上州じゅうに知れ渡ると、国峯城、和田城、羽根尾城、倉賀野城など、諸方の城を守っていた婿たちのほうから、祝いの品をたずさえて箕輪城へ出向いて来た。

久々に一族が集まり、賑《にぎ》やかに戦勝祝いの宴がひらかれた。

鮎鮓《あゆずし》

鯉《こい》こく
鮒《ふな》の飴煮《あめに》
など、山国の西上野だけあって、料理は川魚が多い。

米もわずかしか穫《と》れぬため、この地方の主食となっているおっきりこみが振る舞われた。

「いや、舅どののお知恵には感服つかまつる。宇多から聞きましたぞ。舅どのが、百姓どもに榛名山の山頂で松明の火をかかげさせ、武田勢をものの見事に欺いたこと」

八女宇多の夫、羽根尾城主の羽尾修理亮が酒臭い息を吐《は》き出しながら言った。男まさりの宇多には似合いの剛勇の男である。

「敵がつり出された隙に、夜襲をかけたのでござろう。いや、武田の兵たちの慌《あわ》てぶり、わしもこの目で見たいものでござった」

「おまえさま、飲み過ぎでございますよ」

横にすわった宇多が、きつい目で夫を睨んだ。

「武田軍は、またいつ攻めて来るやもしれませぬ。それまでに、しっかりと次の手を打っておかねば」

「今日くらいはよいではないか。のう、舅どの」

羽尾修理亮は上座の業政に酔眼を向けたが、業政は塩焼きのウグイの皮を毟《むし》る箸《はし》を途中で止めたまま、返答をしなかった。

「いかがなされました、父上」

宇多が業政の目をのぞき込んだ。

「いや」

業政は香ばしく焼けた魚の皮を口にほうり込み、

「そなたの言うとおりじゃ。次の一手は、早々に打っておくに越したことはない」

箸を膳《ぜん》に置いて立ち上がった。

「ちと、出掛《でか》けてくる」

どちらへと問いかける娘夫婦の言葉をみなまで聞かず、業政は早くも宴席に背を向け、歩きだしている。

風花

一

上野《こうずけ》と越後の国ざかい近くに、
——葉留日野《はるひの》
なる里がある。
その昔、源頼朝に敗れた奥州藤原《ふじわら》氏の落人《おちうど》が隠れ棲《す》んだという言い伝えがあり、ために藤原村とも呼ばれている。
あたりは深山幽谷《しんざんゆうこく》といっていい。
里の周囲には、
至仏岳《しぶつだけ》
笠ケ岳《かさがだけ》

といった峰々が重畳《ちょうじょう》とつらなっており、真夏でも、さながら別天地のごとき爽涼《そうりょう》とした風が吹き渡っていた。

（よき里じゃ……）

アザミやヤナギランの咲き乱れる草原の道に馬をすすめながら、業政《なりまさ》は思った。

あとに付いてくるのは小者の葛丸《くずまる》、それに今回の微行《しのび》の旅には上泉信綱《かみいずみのぶつな》と配下の手だれが三人ほど従っている。

いつものごとく、業政は葛丸のみを供に箕輪《みのわ》城を抜け出そうとしたが、

——それはなりませぬ。いま、殿の御身《おんみ》に何かあったら、箕輪城はいかが相成ると思われます。

と上泉信綱に諌《いさ》められ、やむなく同行を許す仕儀《しぎ》となった。

「かようなのどかな里で、わしも心静かに余生を送ってみたいものだ」

業政のつぶやきを聞き、

「いかにのどかとは申せ、かような山里で逼塞《ひっそく》するのは管領《かんれい》さまの本意ではございますまい」

信綱が横に馬をならべてきた。

「厄介《やっかい》なものだな。山里で田畑を耕していたほうが、よほど人らしい暮らしが送れるであ

ろうものを」

「殿が箕輪の城を揺《ゆ》るぎなく守っておいでだからこそ、民は安んじて田畑を耕すことができるのです。管領さまとて同じ。あるべき場所にお戻りいただかねば、関東の地は乱れるばかりでございましょう」

「さればこそ、首に縄をつけてでも管領さまを関東へ連れ戻さねばならぬ」

業政はかたわらの信綱をするどい目で見た。

「ただ、のう……」

業政が眉《まゆ》をひそめたとき、行く手に大きな屋敷が見えてきた。

葉留日野ノ里の庄屋屋敷である。

庄屋の名は、中島藤兵衛《とうべえ》。藤原秀衡《ひでひら》の末裔《まつえい》と称している。

山里にはめずらしく、屋敷の屋根は檜皮葺《ひわだぶ》きで、豪壮な棟上門《むねあげ》を構えている。周囲には空堀《からぼり》と土塁《どるい》がめぐらされており、さながら城館のごとき様相を呈していた。

馬を門前につなぎ、業政は門をくぐって屋敷のうちに足を踏み入れた。

あらかじめ使者をつかわし、来訪のおもむきが告げてあったため、庄屋の中島藤兵衛が一行を丁重に出迎える。

「管領さまのご機嫌はいかがか」

野袴《のばかま》をはいた藤兵衛に、業政はそれとなく聞いてみた。

「何とも申せませぬ」

藤兵衛は微妙な表情をみせた。

小田原北条氏の圧迫によって、居城《きょじょう》の平井城を逐《お》われた関東管領上杉憲政《うえすぎのりまさ》が、葉留日野ノ里の庄屋屋敷に身を寄せたのは、いまから半年前のことである。

それ以前、憲政は上野、越後国境地帯を転々と渡り歩き、かつて指揮下にあった上野の地侍《じざむらい》たちに書状を送って、打倒北条の兵を挙げるよう奮起をうながす工作をつづけていた。

しかし、没落した管領にすすんで力を貸そうという者は少ない。

そうこうするうちに北条方の追及がいっそう厳しくなり、憲政はこの山奥の隠れ里に逃げ込んできたのである。

居城を回復しようにも、協力者が見当たらず、関東管領の威を背景にみずから兵を集めるだけの求心力もない。上杉憲政の立場は、もはや上野国内に身の置きどころがないほど追い詰《つ》められていた。

当然、機嫌がいいはずはない。

「されど」

と、庄屋の藤兵衛が伏せていた目を上げた。

「長野どのの武田《たけだ》勢撃退の報をお聞きになったときばかりは、管領さまも膝《ひざ》を打ってお喜びでございました」

「ほう、すでにお耳に入っておるのか」

「山中ではございますが、この近くには清水《しみず》越えの道があり、越後、上野を行き来する商人どもが足繁く出入りいたしますからのう」

「耳だけは、聡《さと》くなっておられるか」

「は……」

「なに、こちらのことよ」

業政は藤兵衛に金の小粒の入った錦《にしき》の袋を渡し、憲政への取り次ぎを頼んだ。

しばらく、台所脇の囲炉裏《いろり》のある部屋で待たされたのち、上泉信綱らを残して業政だけが奥へ通された。

上杉憲政が起居《ききょ》しているのは、古池のある庭に面した広さ二十畳ほどの書院造りの部屋であった。

上段ノ間、中段ノ間、下段ノ間に分かれており、一段高くなった上段ノ間に、関東管領憲政が座している。

烏帽子《えぼし》をかぶり、老竹色《おいたけいろ》の直垂《ひたたれ》に葛袴《くずばかま》をはいていた。

中段ノ間に控えているのは、小幡三河守《おばたみかわのかみ》ほか、曾我《そが》、白倉といった、業政もその顔を見知っている管領の側近たちである。

業政は部屋の外の濡《ぬ》れ縁《えん》にすわった。

「お久しゅう存じまする、管領さま。箕輪城主、長野《ながの》信濃守業政にございます」

業政が頭を下げると、

「おお、業政。そのほうの戦勝の噂《うわさ》、聞いておるぞ」

鷹揚《おうよう》な声が返ってきた。

「苦しゅうない、おもてを上げよ」

「ははッ」

わずかに顔を上げて上段ノ間を見た。

苦労のせいか、以前より少しやつれてはいるが、面長で鼻梁《びりょう》の高い貴族的な風貌《ふうぼう》の上杉憲政が、ゆったりと扇で胸もとをあおいでいた。

「天下の武田の軍勢を撃退いたすとは、そのほうの武勇は上州一――いや、関東一であるよのう」

「恐れ入りましてございます」

業政はつつしみ深く謙遜《けんそん》してみせた。

「さりながら、武田軍の撃退は、それがしひとりの力で成したことではございませぬ。あくまで、西上野の一揆衆《いっきしゅう》の力添えあったればこそのこと」

「ふむ……。そのほうのもとには、しぜんと人が集まってまいるか。地侍どもに見捨てられたも同然のわしには、心より羨《うらや》ましきことよ」

憲政が物憂《ものう》げに眉をひそめた。

「何を仰《おお》せられます、管領さま」

ここぞとばかり、業政は膝をすすめた。

「地侍たちが見捨てたのではございませぬ。管領さまおんみずからがお逃げになられたのです」

「何を申す……」

「書状をもって焚《た》きつけるだけでなく、管領さまご自身が先頭に立って戦えば、北条など何の恐れることがありましょうや。なにとぞ、いま一度平井城へおもどりになり、打倒北条の兵を挙げられませ。およばずながら、この業政、管領さまを全力をもってご支援申し上げる所存にございます」

「まことか」

憲政の色白の顔から、一瞬、憂《うれ》いの翳《かげ》が消えた。

しかし、

「いやいや、そのほうの口車には乗るまいぞ」

上杉憲政は疑《うたぐ》り深そうな目をした。

「そのほうは、武田の再来に備えるのに手一杯ではないか。いまさら、わしがもどったとて、どうにもなるはずがない」

二

上杉憲政は人間不信におちいっている。

それも、無理からぬことであろう。

天文二十一年（一五五二）、憲政が平井城を出奔したのち、山内上杉家の家臣たちは、あとに残った憲政の嫡男《ちゃくなん》竜若丸《たつわか》を北条方に差し出して降伏した。竜若丸は小田原へ連行され、斬首《ざんしゅ》されている。

「もはや、何人《なんびと》をも信じることはできぬ」

憲政はため息をついた。

わきに控える小幡三河守らの側近も、その表情は暗い。

「何を仰せられます。管領さまの後ろには、越後の長尾《ながお》景虎《かげとら》が付いておるではございませぬか」

業政は声を励まして言った。

「長尾か」

「はい」

「かの者には、幾度か使者を送った。関東の乱れを憂える心はあるものの、われらを助太刀《すけだち》するほどの余力はないらしい」

投げやりな表情でつぶやき、上杉憲政は肩を落とした。

何ごとにも執着心がうすく、困難からすぐに目をそむけてしまうのが、上杉憲政のごとき貴人の欠点であろう。

だが、業政はそうではない。たとえ地べたに這《は》いつくばっても、しぶとく生き抜く執念を持っている。

「何を仰せられます」

業政は厳しい表情で言った。

「長尾景虎はいまや越後統一を成し遂げ、武田晴信《はるのぶ》とも二度にわたって、信濃川中島で刃《やいば》を交えております。その水際立った采配《さいはい》ぶりで、武田と互角以上に渡り合い、晴信をおおいに恐れさせたとか。管領さまが、いま景虎に出馬を請う使者を送れば、かの者は喜んで関東へ馳《は》せ参《さん》じましょう」

「無理じゃ。景虎は信濃のことで手一杯のようす。つれのうされるのがわかっていて、なお使者を送りつづけるのは心淋《こころさび》しい。魚のおらぬ川に向かって、未練たらしく釣り糸を垂れておるようなものではないか」

「やってみねばわかりませぬ」

業政は言った。

「手ごたえがないと申されるなら、管領さまおんみずから、越後へお出ましになってはいかがですか」

「な、何を申す、業政」

業政の進言に、側近の小幡三河守がうろたえたように口をはさんだ。

「平井城を追われたとはいえ、管領さまが関東の地を離れることはできぬ」

「なにゆえでございます」

「越後まで下って景虎に頭を下げては、関東管領の権威が……」

「いまさら、権威、格式にこだわって何になりましょう」

静かな悲憤を含んだ目で、業政は上段ノ間の上杉憲政を見上げた。

「恐れながら、この業政、五十八歳になる今日まで、上州の武士《もののふ》の誇りを守るために戦ってまいりました。そもそも関東管領とは、上野国のみならず、関八州《かんはっしゅう》の武家ことごとくに号令をかけるべき立場のお方。すなわち、関八州の民の安寧《あんねい》をその背におう責任がおありです。管領さまにも誇りあるならば、北条、武田の侵略に苦しむ民のため、なにとぞ腰をお上げくださいませ。管領さまがおんみずからの役目を果たすのは、いまをおいてほかにございませぬ」

「そのほう、無礼であろうッ！」

小幡三河守が口から泡《あわ》を飛ばして叫んだ。

「管領さまに向かって、何たる雑言《ぞうごん》。おのれの立場を何とわきまえておる」

「やめよ、三河守。たしかに、業政の申すことに理はある」

上杉憲政が小幡三河守を制した。

「さりながら、管領さま……」

「関東管領の権威など、いまや昔日《せきじつ》の夢。ほとんど、なきにひとしい。それゆえ、わしは権威ぶって動かぬのではない。じつのところ、恐れておるのよ」

中啓《ちゅうけい》を口もとに当て、憲政がおびえたような目を業政に向けた。

「恐れるとは、何をでございます」

業政は聞いた。

「長尾景虎は、昨今の大名、武将にはめずらしく、義に篤《あつ》い男と聞いている。しかし、景虎の父為景《ためかげ》は、わが祖父上杉顕定《あきさだ》を、越後魚沼郡の長森原《ながもりはら》で討ち果たした梟雄《きょうゆう》よ。その為景の血を引いているとあれば、うわべはどうあれ、景虎も腹の底で何を考えているか知れたものではない。ふところへ飛び込んで、寝首をかかれでもしたら……」

「さようなご心配でございましたか」

小心な貴人の不安を吹き飛ばすように、業政はからりと笑った。

「それでは、管領さまに先んじて、それがしが春日山城《かすがやま》へ乗り込み、景虎の人物をこの目でしかと見定めてまいりましょう」

「そのほうが、越後へゆくのか」

上杉憲政がさすがに驚いた顔をした。

「はい」

「だが、そなたも上州を留守にすることはできまい」

「それがしのもとには、頼もしき家臣たちが大勢おりまする。諸城に散っている娘婿《むすめむこ》たちも、いざとなれば馳せ参じてくれましょう。なに、この葉留日野ノ里から越後春日山城までは、ほんの一走りでございます。この業政に、おまかせ下され」

業政は胸をたたいてみせた。

さっそくに、上杉憲政から越後行きの許しを取りつけた業政は、供をしてきた上泉信綱をそばへ呼んだ。

「成り行きで、越後へ行くことになった」

「殿が越後へ……」

「わしが行かねば、長尾の腰を上げさせることはできぬ。長尾が動かねば、上野もあやうい」

「心得まして候《そうろう》」

信綱は万事、飲み込みの早い男である。行動的な——いや、行動と思考がつねに一体となっている業政というあるじをよく知っている。

「箕輪城の守りはいかがなされます」

「そなた、箕輪城へもどれ。春日山城へは一走りと管領さまに申し上げたが、しばらく上州を留守にせねばならぬやもしれぬ。そのとき、わしに代わって采配をまかせられるのはそなたしかおらぬ」

「それでは、殿のお身のまわりが……」

信綱が業政の道中を案じた。

「葛丸ともうひとり、警固の侍がおれば十分だ。甲斐《かい》とちがって、越後は敵国ではない。身に危険がおよぶ気遣いはあるまい」

「しかし、いまは乱世でございます。長尾景虎は近隣に聞こえた義将とはいえ、状況次第で何が起きますことか」

「命惜しみはせぬものよ」

業政は笑った。

「虎穴《こけつ》に入らずんば虎児《こじ》を得ずじゃ。長尾景虎に直談判《じかだんぱん》して、上州出兵の言質《げんち》を取ることができれば、それこそ武田の侵攻に対する最大の備えではないか」

「いつもながら、殿の大胆さには感じ入りまする」

「では、頼んだぞ」

「はッ」

長野業政と上泉信綱の主従は、葉留日野ノ里で別れた。

上泉信綱は、もと来た方角へ。

業政は里の近くを通っている、清水越えの街道へ――。

谷川岳のふもとを巻くように、道は越後との国ざかいへ向かってつづいている。

三

上越国境の清水峠を越えた長野業政一行は、翌日、魚沼郡の坂戸《さかど》城下へ入った。

坂戸城は、長尾景虎の一門、長尾政景《まさかげ》の居城《きよじよう》である。

魚沼郡は雪国越後のなかでも、ことに豪雪地帯として知られており、冬ともなれば家の屋根が埋もれるほどの丈余の雪が降り積もった。

「見よ、魚野《うおの》川じゃ」

業政は、供の若侍と小者の葛丸に、谷あいを流れる川をしめしてみせた。雪解け水を集めた魚野川の奔湍《ほんたん》は、初夏の陽差《ひざ》しにきらめきながら、北へ向かって流れている。

「この川は、信濃川を通じて日本海の新潟湊《みなと》と結ばれておる。北国船《ほっこくぶね》で新潟湊へ陸揚《あ》げされた荷は、魚野川の舟運《しゅううん》で坂戸へ運ばれ、ここからさらに馬の背に積みかえられて清水峠を越えるのだ」

「その荷が、上州へ運ばれますので」

葛丸があるじを見上げた。

「上州だけではない。峠を越えた荷は、沼田でいま一度、舟に載せられる。そこから利根川を下って、武蔵《むさし》、上総《かずさ》、下総《しもうさ》、北条氏のおる相州《そうしゅう》小田原まで運ばれてゆく。申してみればこの魚野川は、関八州と越後を結ぶあきないの道だ」

「どうりでこのご城下は、景気よく富み栄えているはずだんべな」

坂戸城の裾野《すその》にひらけた城下の賑《にぎ》わいを見わたし、葛丸が言った。

坂戸城の長尾氏には、魚野川舟運だけでなく、越後上布《じょうふ》の原料となる特産の青苧《あおそ》、上田銀山からの莫大《ばくだい》な収益がある。この地から、のちに天下に名を知られる上杉景勝《かげかつ》、直江《なおえ》兼《かね》続《つぐ》主従が出たのも、そうした経済的背景と無縁ではない。

もっともこのとき、景勝はわずか二歳。兼続にいたっては、まだこの世に生をうけてさえいない。

坂戸城下で一泊した業政は、魚沼（三国）街道を西へ進み、越後府中をめざした。

栃窪《とちくぼ》峠

薬師《やくし》峠 小豆《あずき》峠と峠をつなぎ、直峰《のうみね》城下をへて、さらに牧野峠を越えると、眼前に頸城《くびき》平野がひらけてくる。

長尾景虎の居城、春日山城は、この頸城平野の西側の山に築かれている。

峠を下っているうちに、日が暮れはじめた。供の若侍が宿を探し、街道筋の集落にある青苧商人の屋敷にわらじを解くことになった。

旅塵《りょじん》にまみれた業政の足を、盥《たらい》の水ですすぎながら、

「まったく、殿さまのお供をしていると、どこへ連れていかれるやら、知れたもんでねえべや」

葛丸が愚痴《ぐち》をこぼした。

「そう言うな。明日には、春日山の城下に着こう。わしが景虎どのに会っているあいだ、直江津の湊でも見物してくるがよい。府中の市には、京より到来した珍しい品々が集まっておると申すぞ」

業政は、葛丸の手にずっしりと重い銭の袋を渡した。

「わしに下されますので」

葛丸が目を丸くした。

「いつも苦労をかけておるでな。留守をしている女房、子供らに、たんと土産《みやげ》を買ってやるがよい」

「さすが、殿さまは腹が太くていなさる」

離れの部屋に業政が落ち着いたあと、屋敷のあるじが挨拶《あいさつ》にあらわれた。

魚野屋藤兵衛といい、五十がらみの恰幅《かっぷく》のいい男である。青苧の取引で、越後と京をしばしば行き来しているとかで、そのせいか物腰もどこか洗練されている。

「よくぞおいで下されました、長野さま」

藤兵衛が白髪《しらが》まじりの頭を下げた。

「武田の大軍を返り討ちになさった、名高い長野業政さまにお越しいただけるとは、この魚野屋、これにまさる名誉はござりませぬ」

武田と敵対する長尾家の庇護《ひご》を受けているだけあって、当地の商人は業政に好意的である。

「お供の方の話では、春日山のご城下にまいられますとか」

「うむ。関東管領さまの使いでな」

「それは、あいにくでござりますなあ」

魚野屋藤兵衛が気の毒そうな顔をした。

「春日山城はただいま、上を下への大騒ぎでござります」

「騒ぎとは?」

「ご存じないのでございますか」

「春日山城で何かあったのか」

「お屋形《やかた》さまが、ご出奔《しゅっぽん》なされたのでございますよ」

「出奔……」

業政は耳を疑った。

事実とすれば、容易ならざる話であった。

「出奔とは、長尾景虎どのが春日山城を出たということか」

「さようにございます」

藤兵衛はうなずいた。

「お城のご重臣がたは、必死に隠そうとしておられるようですが、人の口に戸は立てられませぬ。坂戸城の長尾政景さまも、あわてて春日山城へ駈《か》けつけられました」

「その話、くわしく聞かせよ」

魚野屋藤兵衛の話によれば――。

長尾景虎が、

「出家引退」

の意向を口にするようになったのは、今年の春のことだという。

景虎は、二十七歳。

出家を考えるような年齢ではない。

しかし、このころ長尾家の家中には、若い景虎を悩ませる厄介な揉《も》め事があった。

「ご家臣の方々の、度重なる土地争いでございます」

藤兵衛が声をひそめるようにして言った。

ことに、越後国人の中条藤資《なかじょうふじすけ》と黒川実氏《さねうじ》の争いは激しく、内乱の危機さえはらんでいたが、景虎の師僧である林泉寺先住の天室光育《てんしっこういく》があいだに入ることで、どうにか事なきを得た。

だが、その後も家臣間の私利私欲を剝《む》き出しにした土地争いは、いっこうに絶える気配がない。

景虎出奔の直接のきっかけとなったのは、魚沼郡の、
下平修理《しだいらしゅり》
上野家成《うえのいえなり》
両者のいがみ合いだった。

ことを丸くおさめるため、景虎は如雲坊《じょううんぼう》なる僧侶《そうりょ》に調停役をまかせた。

如雲坊が双方の言い分を聞いてみると、下平修理のほうに理があることがわかり、

「上野家成は、押領《おうりょう》した土地を下平修理に返すように」

と、裁定が下された。

ところが、上野家成が裁定に従わず、土地を返さなかったことから、さらに紛争はもつれ、長尾家の重臣まで巻き込む大騒動となった。

「上野家成さまに対し、長尾家重臣で段銭方《たんせんかた》の大熊朝秀《おおくまともひで》さまが詰問状《きつもんじょう》を送りつけようとしたのです。されど、上野さまと親しい、同じくご重臣の本庄実乃《ほんじょうさねより》さまが、それを阻止しようとなさり……」

「下平、上野の争いが、重臣どうしの争いに発展したのだな」

「さようにございます」

藤兵衛がうなずいた。

「お屋形さまはお若く、潔癖なご気性にございます。家臣たちの醜い争いに嫌気が差されたのでありましょう。紀州高野山《こうやさん》へ入って僧侶になるとの書き置きを残し、春日山城から姿をくらまされたとのことです」

四

国主《こくしゅ》が城も家臣も捨てて出奔するなど、前代未聞の話である。

(長尾景虎という男、とんだ腰抜けであったか……)

長尾景虎の関東出馬に期待をかけていただけに、長野業政は大きな失望感を味わった。

噂がまことであれば、わざわざ春日山城へ出向く必要もない。

その夜、業政は天井の闇《やみ》を見つめながら、まんじりともせずに思案をこらした。

北方の押さえとなっていた長尾家の当主がいなくなる。これは、西と南から武田と北条の侵略を受ける北関東の情勢に何をもたらすか。

「冗談ではない」

業政は口に出してつぶやいた。

国主の不在は越後に混乱をもたらし、武田、北条はますます勢いを増すだろう。上野は両勢力の草刈り場となり、箕輪城は激流のなかに頼るものもなく取り残された木の葉のごとくなる。

(身勝手な……)

個人の感情を爆発させ、国主としての責任を投げ出した景虎に対し、心底腹が立った。

人の上に立つ者の苦労は並大抵《なみたいてい》ではない。

西上野一揆衆の盟主とあおがれる業政でも、地侍たちの勝手な言い分に頭を悩ませることは多々ある。

しかし、それでも逃げないのは、おのれを頼りにしている、

——民

の存在あればこそではないか。

(見損《みそこ》なったわ……)

その夜はよく眠れなかった。


翌朝——。

業政は上州から供《とも》をしてきた若侍を部屋へ呼んだ。

「そなた、春日山へゆけ。長尾景虎出奔の真偽をたしかめて来るのだ」

「はッ」

「噂がまことであるときは、即刻、上州へ取って返す。箕輪城の守りをかためねばならぬでな」

命を受け、若侍はただちに春日山城下へ走った。

頸城平野を横切って、往復半日ほどの距離だろう。業政は魚野屋藤兵衛方で、若侍の帰りを待つことにした。

魚野屋は物持ちである。屋敷の庭に、茶室もしつらえてある。

業政はあるじの手前で茶を喫《きっ》し、京から招いた庭師が作庭したという枯山水《かれさんすい》の庭を眺《なが》めて時間をつぶした。

白砂の上に影を落とすカエデの大木が、透《す》き通るような翠《みどり》の葉をさわさわと揺らしている。

長尾景虎の動向に苛立《いらだ》ちを感じぬでもなかったが、つかの間、青葉のそよぎに心がなごんだ。

ふと――。

茶室の外に業政が気配を感じたのは、魚野屋藤兵衛が商用で他出してから、半刻《とき》ほど経《た》ったころだった。

「葛丸か」

業政は小者の名を呼んだ。

だが、返事はない。

水屋とのあいだを仕切る襖《ふすま》の向こうに、ひそやかな息《いき》づかいだけがする。

「誰か、おるのであろう」

全身に緊張を走らせながら、ふたたび声をかけた。

二刀は外の軒下に掛けてある。茶室のなかへ刀を持ち込まぬのが、茶をたしなむ者のならいである。

「そこに、身をひそめているのはわかっている。名を名乗らぬか」

「…………」

相変わらず、答えは返ってこない。

代わりに、するすると襖があき、息づかいのぬしが姿をあらわした。

女であった。

若い。

しっとりときめの細かい雪白の肌をした、妙齢《みようれい》の美女である。鴇色《ときいろ》の小袖《こそで》が、つややかな黒髪によく似合っている。

濡《ぬ》れ濡れとした黒い瞳で、女は業政をひたと見つめた。その強いまなざしに、業政は戸《と》惑《まど》いをおぼえた。

「そなたは？」

「風花《かざはな》と申します」

「風花……」

「はい」

「魚野屋の娘御《むすめご》か」

「そのように見えまするか」

ふっと目を細め、女が声を立てずに笑った。

口もとに手の甲を当てるしぐさが妖艶《ようえん》である。世間知らずの商家の娘というより、もっと陰影の深い魔性のごときものを、身にまとっている。

この年齢《とし》まで、女人にはかなり馴《な》れているつもりの業政でさえ、女の発する色香に思わず背筋がぞくりとした。

意識して表情を消し、

「いや」

と、業政は首を横に振った。

「そなたの妖《あや》しげな立《た》ち居《い》振《ふ》る舞《ま》い、ただの狐《きつね》ではないと見た」

「狐とは……」

「不服か」

「わたくしのこと、何か誤解しておいでのようです」

風花と名乗る女が、やや悲しげな表情をした。

「上野国箕輪城主、長野業政さま。あるじの申しつけにより、お迎えに参じました」

「あるじとな？」

「わたくしは、この先の箕冠《みかむり》城の城主、大熊朝秀さまの使いの者にございます。わがあるじが、上野国で名高き長野さまが越後へお越しとの風聞を耳にし、ぜひとも一献《いっこん》差し上げたいと、仰せになられているのです」

「大熊朝秀……」

聞き覚えのある名であった。

大熊朝秀といえば、昨夜、魚野屋藤兵衛から話に聞いた、長尾景虎出奔の引き金になったという、長尾家中の内紛劇の一方の当事者ではないか。

（大熊が、なにゆえわしを……）

春日山城内は、いまごろ大騒ぎになっているであろう。そのようなときに、奇妙といえば奇妙な話ではある。

「いかがでございます」

風花が業政の目をのぞき込んだ。

「箕冠城までは、ここより二里もございませぬ。同じ武田を敵に戦う者として、長野さまとは交誼《こうぎ》を深めておきたいと、わがあるじが申しております」

「景虎公が越後から出奔なされたとの噂があるが、大熊どのは春日山城へ出仕せずともよいのか」

「そのようなこと」

風花はあでやかに笑い、

「ただの噂にすぎませぬ」

「しかし、魚野屋がさよう申しておった」

「あきんどの無責任な噂を、鵜呑《うの》みになされますか。越後はかように、平らかに治まっております。国主さまが国から姿を消すなど、あるはずもございますまい」

「………」

しばし考えたすえ、業政は女の案内で箕冠城へおもむくことにした。
女の言動に、妙なきな臭さはある。
しかし、それ以上に、
（長尾家の内懐《うちぶところ》に飛び込んでみるのもおもしろかろう……）
業政の持ち前の好奇心が頭をもたげた。
箕冠城へ向かう道々、馬の手綱《たづな》を曳《ひ》く葛丸が、
「殿さまの悪い癖《くせ》だ。また、おなごに惚《ほ》れたんだんべか」
あきれたような表情でつぶやいた。

五
（豊かな土地じゃな……）
城が近づくにつれ、眼前にひらけてきた広闊《こうかつ》たる青田の眺めに業政は目を細めた。
大熊朝秀の居城、
――箕冠城
は、頸城平野を見下ろす箕冠山に築かれた城である。
山裾《やますそ》を流れる大熊川、小熊川の扇状地は、この地に豊かな稲の実りをもたらし、大熊氏

はその経済力を背景に力をつけてきた。

山頂の本丸は、東西三十メートル、南北二十五メートルの規模の大きなもので、大熊氏の財力を物語っている。

本丸の東には二段の小曲輪《しょうくるわ》がもうけられており、幾重もの腰《こし》曲輪と空堀、土塁が城の守りを堅牢《けんろう》にかためていた。

水も豊富で、大きな溜《た》め池と山中に清らかな清水が湧き出している。

(これだけの城を構える男だ。さぞ、みずから恃《たの》むところが大きかろう……)

業政は思いをめぐらしながら、堀にかかる土橋をわたって城内に入った。

案内されたのは、城のふもとの居館《きょかん》ではない。箕冠山の中腹にある、見晴らしのよい月見櫓《やぐら》であった。

「こちらでお待ち下さいませ」

風花が頭を下げた。

そのまま立ち去ろうとするのを、

「待て」

業政は引きとめた。

「何か?」

と、口もとに微笑を浮かべながら風花が小首をかしげた。

「いや……」

「遠慮なさらず、おっしゃって下さいませ」

「越後の女人は、みなそなたのように美しいのか」

「何を仰せかと思えば……」

　女が目を細めた。

「湿気の多い越後の雪が、おなごの肌を晒《さら》したように白くするとか申します。当地越後や、能登、越中、出羽あたりの北国船の湊々には、男顔負けに働き者で、気性のしっかりした女が多いとも聞きおよんでおります」

「そなた、美しいだけでなく、頭も良いようだな」

　業政は感心したようにうなずいた。

　このように聡明《そうめい》で、多少、気が強いくらいの女が業政の好みである。葛丸ではないが、業政の好きごころは、たしかに動きはじめている。

「おからかいになっておられるのですか」

「わしは生まれてこの方、心から思ったことしか口にせぬ」

「まあ」

「女たちがみな、そなたのように賢く美しいのならば、わしはこの越後に骨を埋めてもよいくらいだ」

「いけませぬよ」

風花がころころと笑った。

「上州には奥方のおふくさま、ご側室の綾《あや》さま、お佐江《さえ》さま、お村さまと、あなたさまの帰りを待っておいでの女人が幾人もおられるのでしょう」

「なぜ、それを……」

「わたくしは何でも存じております」

「…………」

「業政さま」

風花がそれまでとは打って変わった翳《かげ》のある表情をみせた。

「かようなところにお連れした、わたくしの口から申すのも何でございますが」

「何だ」

「ご用心なされませ」

「用心だと……」

そのとき、廊下の外にこちらへ近づいてくる人の足音が聞こえた。

「されば、わたくしはこれにて」

物問いたげな業政の視線を避けるように目を伏せると、風花は部屋からそそくさと姿を消した。

入れ替わりに、褐色《かちいろ》の素襖《すおう》をまとった壮年の武士が月見櫓にあらわれた。城主の大熊朝秀である。額が広く、鼻梁が高い。

長身の朝秀が、業政と向かい合って円座に腰を下ろした。

「長野どの、よくぞわが城にお立ち寄り下された」

上杉家の知行裁許《ちぎょうさいきょ》、公田段銭《こうでん》の請取《うけとり》などをまかせられているというだけあって、槍自慢《やりじまん》の武士というより、物腰に隙《すき》がない能吏《のうり》といった印象を受ける。

「こちらこそ、微行の旅と申すに、ご厚意に甘えて不躾《ぶしつけ》に参上した無礼、平にご容赦《ようしゃ》願いたい」

「なんの」

大熊朝秀はおおように笑ってみせ、

「春日山城に、お屋形さまをおたずねする途中とうかがったが、それはまことでござろうか」

と探りを入れるように、業政をうかがい見た。

「いかにも」

業政はうなずいた。

「さりながら、道中、さまざまな風聞《ふうぶん》が耳に入ってまいりましてのう。正直、上野へ引き返すかどうか、迷っておったような次第」

「お屋形さま、ご出奔の噂か」

「さよう」

「根も葉もなき噂じゃ。明朝にでも、それがしが春日山へご案内するゆえ、今宵《こよい》はわが城でゆるりとされるがよろしかろう」

風花同様、噂を明瞭《めいりょう》に否定すると、大熊朝秀は、

「酒肴《しゅこう》をこれへ」

と、門人を呼ばわった。

すずしげな装束《しょうぞく》を着た青侍《あおざむらい》が二人あらわれ、業政と朝秀の前に、根曲がり竹の集め汁（味噌汁）やら、笹《ささ》ずしやら、鯛《たい》の膾《なます》にバイ貝やら、さまざまな酒肴がととのえられた朱塗りの膳《ぜん》を置いた。

「越後の酒じゃ。お近づきのしるしに、まずは一献」

朝秀が瓶子《へいし》の酒をすすめた。

業政は無言で杯を手に取ったが、しばし考えて、ふと思い直し、

「いや、せっかくのもてなしだが、ご遠慮いたしておこう」

「それは、何ゆえに」

一瞬、大熊朝秀の顔がこわばったのを、業政は見逃さなかった。

「用心せよと言われましてな」

「なに……」

「箕輪《くに》の女房《かか》にでござるよ。おまえさまは、酒を飲み過ぎるとろくなことにはならぬ。人さまにすすめられても、けっして口にしてはなりませぬと、きつく言い含められております」

「わしの酒は飲めぬと、さよう申されるか」

朝秀の表情が険《けわ》しくなった。

「女房が怖うござれば」

「そこまで言うなら仕方がない」

朝秀が、業政の脇にいた青侍をちらりと見た。それを合図に、青侍がいきなり業政の腕をとらえようとした。

業政は座したまま、相手の手首をつかんで逆にねじ上げ、

「たいそうな馳走《ちそう》にござるな」

大熊朝秀を睨《にら》んだ。

「やはり、長尾景虎どの出奔の噂は真実《まこと》であったか。せずともよい隠し立てを、わしにしたところをみると、おぬし、もしや謀叛《むほん》を……」

「それを知ったところで、もはや遅いわッ！」

朝秀が叫ぶと同時に、背後の襖がバッとあいた。

いつの間に身をひそめていたのか、そこに十五、六人ほどの、抜刀した屈強な侍たちの姿があった。

六

長野業政は箕冠城の地下牢《ちかろう》に幽閉《ゆうへい》された。

暗い。

本丸の北側にもうけられた牢内には、頭上に小さな高窓があるきりで、わずかな月明かりすら届かない。

(わしとしたことが……)

抜かったな、と業政は思った。

箕冠城の大熊朝秀は長尾氏の重臣である。その一点において、相手を疑わなかったことが裏目に出た。

しかし、

(大熊朝秀が、なにゆえ、わしを捕らえねばならぬ……)

闇のなか、業政は思案をこらした。

考える以外、さしあたってすべきことがない。越後国主長尾景虎の出奔《しゅっぽん》は、やはり事実であった。魚野屋のあるじが言っていたとおり、春日山城はいまごろ、混乱の真《ま》っ只中《ただなか》であろう。

その非常事態に付け込み、土地争いに端を発する紛争で胸中に恨みを抱く大熊朝秀が、

——謀叛

を企《たくら》んだとしても何の不思議もない。

ただし、

(裏で、朝秀をそそのかした者がおるな……)

業政はそう睨んだ。

業政の越後入りの情報をいち早くつかみ、箕冠城へ誘い入れるよう指示したのも、

(その者か)

狭い牢内で足を組みかえたとき、廊下にひたひたと人の足音がした。

あたりをはばかるような足音とともに、手燭《てしょく》の明かりが近づいてくる。手燭のぬしは、やがて牢格子《ろうごうし》の前で立ち止まった。

「風花か」

業政は目を細めて牢格子の向こうを見た。灯明《ひあ》かりに照らされて、女の白い顔が浮かび上がっている。

「ご用心なさいませと、申し上げたはずでございましょう」

風花が唇《くちびる》をほころばせて哀れむように微笑《わら》った。

「そなた、武田の素《す》ッ破《ぱ》じゃな」

業政は女をするどく見すえた。

「なぜ、そう思われます」

「最初に会ったときから、ただの女ではないと思っていた。さだめし、武田晴信の命を受け、越後の情勢をさぐりに来ていたのであろう」

「そこまで察しておられるわりには、不用心な。長野業政さまがおなごの色香《いろか》に弱いという噂は、まことでございましたな」

「長尾景虎を裏切るよう、大熊朝秀の耳もとでささやいたのもそなたか」

「さようでございます」

わるびれるふうもなく、風花は形のいい顎《あご》を引いてうなずいた。

「あのお方が、武田についた方が損か得か、いつまでもぐずぐずと迷っておられましたゆえ、あなたさまの首を土産に晴信さまのもとへ馳せ参じてはいかがかとご進言申し上げました」

「つまらぬ土産だの」

業政が皮肉な顔をすると、

「つまらぬどころの話ではございませぬ」

風花は言った。

「上野箕輪城主長野業政さまのお首と申せば、躑躅ヶ崎《つつじがさき》のお屋形さまが千金を払っても手に入れたいとお望みのもの。これを持参なされば、一千貫《いっせんがん》の新領は間違いなしと、大熊さまに教えて差し上げたのです」

「一千貫か」

「はい」

「ずいぶんと安く見られたものだ」

業政は顔をしかめた。

「だが、これも宿命《さだめ》か」

「宿命……」

「そなたの言うとおり、わしはおなごに弱い。そなたのような美しい女に騙《だま》されて命を落とすなら、それもまた本望」

さばさばとした声で、業政は言った。

これには、かえって女のほうが戸惑ったようで、

「ずいぶんと諦《あきら》めがよろしいのですね」

と、牢格子に身を寄せてきた。

「いまさら、じたばたしたとて仕方があるまい。それとも、そなたが命を助けてくれるの

か」

「ばかな……」

「そうであろうな」

「生きてここから出たいのなら、ひとつだけ手立《てだ》てがございます」

「ほう」

「大熊さまと一緒に、武田家へお仕えなされませ。さすれば……」

「武田晴信は労せずして、箕輪城を手中におさめることができる。わしが従ったと知れば、屈強な西上野の一揆衆も戦わずに武田になびく、か」

「ほんに、お察しのよいこと」

瞬間、業政の眼《め》の色が変わった。

業政は牢格子の隙間からつと手を伸ばし、女の細い手首をつかんだ。

「何をなさいます」

女が身をよじった。

だが、業政は手首を逆にねじ上げ、がっちりつかんで離さない。風花の手から、手燭がこぼれおち、あたりはふたたび真《ま》っ暗闇《くらやみ》につつまれた。

「聞け」

「……」

「わしは誰にも従わぬ」

「それでは、ここで命を失いますか」

「たとえ命を失ったとて、漢《おとこ》には守らねばならぬものがある」

「それは……」

「誇りだ」

業政はささやいた。

「上州の所領は、わが先祖が命懸けで築き上げてきたものだ。誰から与えられたものでもない。代々の血と汗の結晶よ。武田晴信がいかに強勢だとて、われらから力で誇りを奪うことはできぬ」

力を込めすぎたのだろう。

女が、

――あッ
と、苦しげなうめきを上げた。

業政が手をゆるめると、風花はするりと腕をすり抜け、後ろへ身を引いた。

「噂にたがわず、気骨のあるお方」

風花が憂いをおびた声で言った。

「されど、この乱世、気骨だけで渡ってゆくことはできませぬ。生きようと思うなら、誇りなど捨て、強い者に頭をお下げなされることです」

「断る」

「どうあっても……」

「くどい」

「ならば、仕方がありませぬな」

冷たく言い放つと、風花は業政の前から姿を消した。

それからしばらく——。

業政は地下牢に留め置かれた。

食べ物は、朝晩に出される粥《かゆ》と大根の古漬だけである。それでも、食べ物を与えるということは、すぐに殺す気はないらしい。

十日目の明け方、業政は牢から引き出された。縄で後ろ手に縛られ、唐櫃《からびつ》に押し込められる。

そのまま、唐櫃ごと荷車に乗せられて、どこかへ運ばれた。

車輪の軋《きし》みの音とともに、周囲で馬の蹄《ひづめ》の音がした。

(甲斐《かい》へ連れて行こうというのか……)

荷車に揺られて、長い時が経った——。

唐櫃の蓋《ふた》があき、明るい陽《ひ》の光が目に飛びこんできた。業政が身を起こすと、目の前に大海原が広がっていた。

七

（海か……）

瞳《ひとみ》を射《い》るきらきらとした陽差しの照り返しに、業政は思わず目を細めた。

上州生まれの業政は、海を見た経験がほとんどない。家督を継ぐ前、諸国遊学のために関八州をめぐり、相州や下総の海を目にしたことがあるが、それもいまでは古ぼけた遠い記憶になっている。

眼前に広がる海は、波がおだやかで、背の低い赤松にふちどられた弓なりの砂浜がどこまでもつづいていた。

「ここはどこだ」

業政は、縄をつかんで唐櫃から自分を引っ立てた雑兵《ぞうひょう》を振り返った。

「越中だ」

「越中だと……」

業政は目を剝いた。

「なにゆえ、越中へ……。大熊はわしの首を土産に、甲斐の武田へ奔《はし》るのではなかったのか」

「知らぬ」

雑兵は無表情に言った。

あたりには、ものものしく軍装をかためた兵たちが行き交《か》っている。

「来い」

あとからあらわれた物頭《ものがしら》とおぼしき男が、雑兵をさしずして、海べりからやや道を登ったところにある地蔵堂《じぞうどう》に業政を連れていった。

そのまま、見張りを残して去ろうとする男の背中へ、

「待てッ」

業政は声をかけた。

「大熊朝秀はどうした。見たところ、いくさでもはじまるようだが」

「きさまの知ったことではないわ」

物頭が苛立ったように言った。

「さては、謀叛の企みを、喧嘩《けんか》相手の本庄実乃に知られたか。先手を打って箕冠城を捨て、この越中で敵を迎え討つ算段と見た」

「きさま……」

相手の顔色が変わったところをみると、業政の読みは図星《ずぼし》だったのであろう。

「大熊に伝えよ」

業政は声を張り上げ、

「無謀ないくさはせぬがよい。目先の利につられて武田を頼るなど、愚《ぐ》の骨頂《こっちょう》。いまからでも頭を下げれば、長尾家で生きる道はあろうぞ」

と、叫んだ。

何も言わず、物頭は地蔵堂から出ていった。

業政が睨んだとおり――。

大熊朝秀は、敵対する本庄実乃に味方する勢力が多くなったことに危機感をおぼえ、いったん越中へ出国して、そこで武田晴信の援軍を待つという挙に出たらしい。

段銭方の朝秀は、日ごろから銭の出し入れの管理が厳しく、またその裏で、――役目をよいことに、私腹を肥《こ》やしているのではないか。

との噂もあって、多くの越後国人たちから恨まれていた。

大熊朝秀の越中在陣は、思ったよりも長引いた。

甲斐の武田晴信は、朝秀を支援させるため、越後とさかいを接する会津の芦名《あしな》盛氏《もりうじ》に働きかけをおこなったが、盛氏がなかなか首を縦に振らない。

業政は囚《とら》われの身のまま、夏は闌《た》け、やがて北国越中に秋風が立ちはじめる季節になった。

あれきり、武田の素ッ破の風花は、業政の前に姿をあらわさない。甲斐へもどったか、あるいは、

（あるじ景虎不在の春日山城を内偵しておるか……）

業政は伸びきった無精髭《ぶしょうひげ》を撫《な》でた。

不在といえば、業政自身も居城の箕輪城を長く空《あ》けている。留守をまかせた一ノ執権の藤井豊後守《ふじいぶんごのかみ》や、上泉信綱は頼りになる者たちだが、西上野一揆衆をたばねる業政の存在がなければ、武田の大軍に抗すべくもない。

――おまえさまは、ほんに抜けておられる……。

どこかで、古女房《にょうぼう》のおふくの声が聞こえたような気がした。

――若いおなごには、あれほど気をつけなされと申しましたのに……。

遠慮会釈《えんりょえしゃく》のないおふくの小言も、いまとなっては懐かしい。

しかし、この期《ご》に及んでも業政は、希望を捨ててはいなかった。

（葛丸が、箕輪の城に変事を知らせておるはずだ。いずれ、普化宗《ふけしゅう》の湛光風車《たんこうふうしゃ》らが動く……）

業政は時を待った。

身辺が慌《あわただ》しくなったのは、それからほどなくのことだった。

越中でようすをうかがっていた大熊朝秀が、にわかに軍勢を越中、越後国ざかいの、

──駒帰《こまがえし》へ向けたのである。

駒帰は、別名、「親不知《おやしらず》」とも呼ばれる北陸道随一の難所である。切り立った断崖《だんがい》が海ぎわに迫り、冬ともなれば、打ち寄せる荒波で通行はほとんど不可能になる。ここを通るときは、親も子を忘れ、子も親を忘れるという。

業政は荷車に乗せられ、大熊の軍勢とともに、駒帰の手前、市振《いちぶり》の地までやって来た。よほど危急の事態なのだろう。来たときとちがい、唐櫃には入れられていない。警備もゆるく、みな業政の身柄などより、もっと別のことに気をとられているようだった。

「おい」

業政はそばを通りかかった、肩のいかつい大柄な武者《むしゃ》に声をかけた。

「大熊どのは、このまま越後へ攻め入るのか」

「そうではない」

武者の目が血走っている。

大きな図体《ずうたい》に似合わず、何かに脅《おび》えているようにさえ見えた。

「お屋形さまが、春日山城へご帰還なされたのじゃ」

「お屋形さまとは？」

「長尾景虎さまに決まっておろう」

「おお、それでは景虎どのは紀州高野山からもどられたのだな」

「えらいことじゃ。われらが殿は、お屋形さまが越後へもどらぬと踏んで武田に寝返られたが、かほどに早くご帰還なされようとは……。お屋形さまは、わが殿を討つため、上野源六らの軍勢を駒帰へ差し向けられたそうじゃ」

「そうか、それで……」

大熊勢の急な動きに、業政は合点《がてん》がいった。

そうとなれば、

(このようなところで、いくさに巻き込まれて死んでなるものか……)

業政は脱出の機会をうかがった。

大熊勢が駒帰に着陣した、その翌日──。

夜明けとともに合戦がはじまった。

すぐ近くで矢弾《やだま》の飛びかう音、馬のいななき、兵たちの喊声《かんせい》が聞こえる。一刻も経たぬうちに、大熊方の将兵が長尾勢に追われて、後方の市振まで逃げてきた。

戦いの趨勢《すうせい》は、誰の目にも明らかである。

業政は隙を見て、手首を縛っていた縄をゆるめた。

そのとき、

「殿ッ!」

背後で声がした。特長のある低い声に、聞き覚えがある。

「湛光風車か」

「はッ。お救いに参じるのが、遅うなりました」

「うむ」

とうなずいた業政の目に、白地に墨で書かれた、

——毘《び》

の旗がはためいているのが見えた。

義の人

一

長尾《ながお》景虎《かげとら》の居城《きよじよう》春日山《かすがやま》城は、標高百八十メートルの鉢ケ峰《はちがみね》山に築かれている。

頸城《くびき》平野の西をかぎる南葉山丘陵《なんばやまきゆうりよう》の北端に位置し、山頂からは米山《よねやま》の秀峰や頸城の連山、北には青々とした日本海をのぞむことができる。

そもそも春日山城は、越後府中《ふちゆう》（直江津）に居館《きよかん》をかまえていた守護《しゆご》上杉《うえすぎ》氏の戦時における詰めの城として築かれたものである。その後、守護代の長尾為景《ためかげ》が戦国大名として台頭すると、府中を眼下に見おろす春日山城を本拠にして活動するようになった。

やがて、為景の子景虎の代にいたり、城域は拡大。

アカマツの多い山肌に諸曲輪《くるわ》が次々と築かれ、要所要所に門、櫓《やぐら》が配置されて、難攻不落といわれる北陸随一の名城がその姿をあらわした。

春日山城のいただきには、

――実城《みじよう》

と呼ばれる本丸があるが、城主景虎は平素、山の中腹にある館で起居《ききよ》している。

国ざかいの市振《いちぶり》で救出された長野業政《ながのなりまさ》は、長尾勢に守られて春日山城へ入った。案内されたのは、景虎の館である。

「殿ッ！」

「殿さま、生きておわしたかァ」

館の玄関脇の一室で、業政は上州から供をしてきた若侍、小者の葛丸《くずまる》と再会をはたした。

葛丸などは顔を真っ赤にし、鼻水をすすり上げて泣いている。

「もうお会いできねえもんと、半分、あきらめておりましたわ」

「勝手にあきらめるな。このとおり、ぴんぴんしておるわ」

業政は笑ってみせた。

「国元には知らせたか」

片膝《かたひざ》をついている若侍に、業政は問うた。

「はッ。さっそく、湛光風車《たんこうふうしや》配下の者が……」

「走ったか」

「今ごろ、箕輪《みのわ》城の奥方さま、藤井豊後守《ふじいぶんごのかみ》どの、上泉伊勢守《かみいずみいせのかみ》どのにも、ご無事が伝えられておりましょう」

「うむ」

国元と連絡をとっていた若侍から、業政不在中の西上野《にしこうずけ》の情勢を聞いているところへ、長尾家の取り次ぎ役の小姓《こしょう》が来た。

浅葱《あさぎ》色《いろ》のさわやかな小袖《こそで》を着た、年のころ十四、五の、目鼻立ちのととのった聡明《そうめい》そうな美少年である。

「ご実城さまが、長野どのにお会いになると仰《おお》せられております」

ご実城さまとは、春日山城のあるじたる長尾景虎の尊称である。

「おお、それは願ってもなきこと。お救いいただいた御礼を申し上げたい。しかし、この姿では……」

と、業政は囚《とら》われの身のあいだに薄汚れきったおのが装束《しょうぞく》を見た。

「心得ております」

小姓はうなずき、

「ご実城さまの命にて、湯屋を用意しておりますれば。ひとまず、こちらへ」

と、先に立って歩きだした。

小姓の導きで、業政は館の一画にしつらえられた湯屋に通された。

湯屋といっても蒸《む》し風呂《ぶろ》である。簀《す》の子のあいだから湯気がもうもうと立ちのぼり、その湯気で体を蒸して毛穴をひらかせ、汗を流す仕組みになっている。

単衣《ひとえ》の湯帷子《ゆかたびら》に着替えた業政は、簀の子の上に腹ばいになって寝そべった。

（これは心地よい……）

さわやかな香気が鼻をくすぐる。

床いちめんに薬草の石菖《せきしょう》が敷かれており、それが蒸されて、えもいわれぬ芳香を立ちのぼらせるのである。

山々に囲まれた上野国とはちがい、越後は国土が日本海に向かってひらけている。海の道を通じて上方《かみがた》の文物が多く入っており、館の造りにも、どことなく雅《みや》びたおもむきがあった。

そういえば、長尾景虎は京に雑掌《ざつしょう》を置き、越後特産の青苧《あおそ》の売買を取り仕切らせていると聞く。

（さても、贅沢《ぜいたく》な話よ。これほどの豊かな地の国主《こくしゅ》でありながら、家臣、領民を打ち捨ててまで、出家隠遁《しゅつけいいんとん》を考えるとは……。おのれを頼りにする民を捨てるなど、わしには考えられぬ。いや、恵まれすぎているから、かえって欲が薄いのか……）

石菖の匂《にお》いに包まれながら、業政はうつらうつらとした。

湯気でたっぷり汗を流したあと、洗い場に出てざぶざぶと冷水を浴び、垢《あか》を洗い落とした。

湯屋の外には手まわしよく、こざっぱりした小袖と袴《はかま》が黒漆塗《くろうるしぬ》りの乱箱《みだればこ》に揃《そろ》えられている。

着衣をととのえると、先刻の美麗《びれい》な小姓がふたたびあらわれ、

「されば、まいりましょう。おもてに馬が用意してございます」

と、業政をうながした。

「馬とな……」

「はい」

「景虎どのは、館にはおられぬのか」

「雲取谷《くもとりだに》の行場にてお待ちでございます」

「また、ずいぶんと変わったところで人に会うものだ」

業政は苦笑いをした。

小姓は、生真面目《きまじめ》な顔で、

「あなたさまは、特別のお客人にござりますれば、平素は人を近づけぬ雲取谷にご案内せよと仰せられたのでございましょう」

と言った。

「わしが特別？」

「はい」

「それは、どういうことだ」

「ご実城さまより、じきじきに話をうかがわれませ」

「道理じゃな」

うなずくと、業政は引き出された黒鹿毛《くろかげ》の馬にまたがった。

小姓の先導で春日山城の城門をくぐり、峠をふたつばかり越えてゆく。

そこから、山往還《やまおうかん》と呼ばれる道を西へ二里ほどすすむと、両側に崖《がけ》のせまった細長い谷に出た。

米山や関山の修験者《しゅげんじゃ》たちの行場になっているという、

——雲取谷
である。

渓流沿いにさらに道をさかのぼってゆくと、高さ五丈《じょう》はあろうかという岩壁《がんぺき》にかかる、白糸のような滝が見えてきた。

その滝の手前で、小姓は馬を下りた。

「ご実城さまは、あちらにお籠《こ》もりでございます」

「滝しか見えぬようだが……」

「滝の裏側に、毘沙門天《びしゃもんてん》を祀《まつ》った岩穴がございます。余《よ》の者は近づくことが許されませぬゆえ、どうぞこれより先はひとりでおすすみ下されませ」

「わかった」

業政は迂回《うかい》しながら山道をのぼり、滝に近づいた。

行場というだけあって、あたりには霊妙《れいみよう》な雰囲気が立ち込めている。滝の水しぶきをくぐると、なるほどそこに、人の背丈《せたけ》ほどの岩穴がぽっかりと口をあけていた。

奥に、灯明《とうみよう》の明かりが揺れている。

その明かりを背にして、座禅《ざぜん》を組んでいる男の姿があった。

岩穴に足を踏み入れた業政の気配に、

「長野どのか」

男がなかば眠ったように閉じられていた眼《まなこ》を、大きく見開いた。

二

(この男が長尾景虎か)

業政は思った。

今年、二十七歳のはずだが、たたずまいに落ち着きがあり、年よりもはるかに老成して見える。

若くして越後統一を成し遂《と》げ、武田《たけだ》晴信《はるのぶ》に伍《ご》しても一歩も引けを取らない戦いぶりから、

――猛将
という印象を強く抱いていたが、じっさいに顔を合わせてみると、

（思ったより、やさしげな……）

業政は意外の感に打たれた。

景虎の顔立ちは、どちらかと言えば柔和で、豊かな頰《ほお》と小さく引き締まった形のいい唇《くちびる》を持っている。

越後の人らしく、雪を思わせる色白の肌をし、武人というより文人のような知的な目をしていた。

ただし、その目の光が尋常ではない。

こちらの心の奥底にある微細な襞《ひだ》のひとつひとつまで見通されているような、そんな錯覚にとらわれる。

「領内のつまらぬ騒ぎにより、貴殿にはたいそうな迷惑をかけた。ゆるされよ」

岩穴に声が響いた。

「越後を去られ、紀州高野山でご出家なさるとうかがっておりましたが」

景虎と向かい合って、業政は岩の床にあぐらをかいた。ひやりと冷たい感触が、尻から背中へ這《は》いのぼってくる。

「あのことか」

景虎はかすかに笑い、

「あの一件は、我《われ》と長尾政景《まさかげ》が仕組んだ狂言《きょうげん》であった」

「狂言と……」

業政は眉《まゆ》をひそめた。

「貴殿も知ってのとおり、越後の国衆《くにしゅう》どもはささいな領地のことで相争い、いっこうにおさまらぬ。ならばいっそ、我がおらぬことにし、その間にすべての膿《うみ》を出してしまおうとはかったのだ」

「さても大胆な」

業政は驚き、あきれた。

国をおさめるために狂言を仕組んだというが、そもそも坂戸《さかど》城主の長尾政景は、一度は景虎に対して弓を引いた因縁のある人物である。

景虎が身を隠しているあいだに、春日山城を乗っ取ってしまうことも十分に考えられるではないか。

そのことを業政が口にすると、

「そうなれば、そうなったで、我は宿命《さだめ》を受け入れるつもりでいた」

景虎は、岩穴の奥に祀られた軍神兜跋《とばつ》毘沙門天の木像を見上げた。

「越後が平らかにおさまるのならば、上に立つ者は誰でもよい。天が我を必要とせぬのなら、まことに出家遁世《とんせい》して、高野山で念仏三昧《ねんぶつざんまい》の生涯を送るもまたよし。だが、このたびは、戦乱の巷《ちまた》にもどってまいれと、天が我に命じたようじゃ」

「…………」

異界の人――とでも、語っているような気がした。

長尾景虎は、業政が生涯のうちに出会ってきた、どのような男とも似ていない。

たとえば、西上野を攻め取らんとしている武田晴信は、みずからの欲に忠実な、きわめて人間臭い男として自然に理解ができる。

晴信だけでなく、他国の大名、業政のまわりにいる箕輪衆、領内の民百姓のはしばしに至るまで、

――昨日より今日、今日より明日、明日よりあさって……。

と、よりよい暮らしを得たいと欲を抱いて、それを力に日々を生きている。

しかるに、目の前にいるこの男は、

(余の者とは、何かがちがう……)

業政は、景虎のことをもっと深く知りたくなった。

「聞くところによると、景虎どのは女人というものをいっさい、身辺から遠ざけておられるそうな」

「しかり」

景虎がうなずいた。

「それは、なにゆえかな」

「兜跋毘沙門天に願かけをなしたからだ」

「ほう……」

「生涯、女色を断つことと引きかえに、我に武運を与えたまえと祈りをささげた。由来、女人はすべての煩悩《ぼんのう》のもととなる。女人を愛せば、そこに執着心が湧《わ》き、自由自在の心の働きが鈍る。生きるか死ぬかの合戦で勝利を得ようと思えば、心を縛《しば》る煩悩は捨て去らねばならぬ」

「そうなると、女房のほかに幾人もの側室を持ち、それぞれに子らを儲《もう》けているそれがしなどは、まさしく煩悩の固まりにござるのう」

業政は笑った。

「げんに、大熊朝秀《おおくまともひで》に囚われたときも、うかうかと武田の放った女素ッ破《すっぱ》の誘いに乗り、あやうく命を落とすところでござりましたわい」

「大熊のもとに、武田の素ッ破が入り込んでいたか……」

景虎が表情を険《けわ》しくした。

「だがのう、景虎どの」

業政は首筋を掻《か》き、

「おなごはたしかに煩悩のもとだが、わしはその煩悩のなかから生まれるものがあると信じておる」

「煩悩から生まれるもの？」

「そうじゃ」

「さようなものがあろうか」

「ある」

と、業政は断じた。

「蓮《はす》は泥中《でいちゅう》より葉を伸ばし、美しい花を咲かせる。人もそれと同じ。煩悩を知っておる者は、人の苦しみもまた知っておる。民の苦しみ、悩み、喜び、すべてを理解してこそ、人の上に立つ者として、真《まこと》のまつりごとができるのではないかな」

「業政どの」

粛然《しゅくぜん》と引き締められていた景虎の口もとが、ふとほころんだ。

「やはり、貴殿は我が思っていたとおりの御仁《ごじん》だ」

「いまだ俗世の欲が捨て切れぬ、煩悩まみれの老人よ」

「いや」

と、景虎は首を横に振り、

「貴殿の煩悩は、ただの煩悩にあらず。かの武田の大軍を相手に、一歩も退《ひ》かず、ついには西上野から撃退せしめたは、おのが身よりも民を案ずる心の強さゆえでござろう」

「かいかぶりじゃな」

業政は目を細めた。

長尾景虎は、おのれとは正反対の生き方をする男だが、

（この男は、頼みとするに足る……）

業政は確信した。

「わしが越後まで足を運んできたのは、ほかでもない。景虎どのに一肌脱いでいただきたいからよ。関東管領上杉憲政《かんとうかんれいうえすぎのりまさ》さまが、北条氏に追われ、国ざかいの山中に逼塞《ひっそく》しておわすこと、ご存じでござろう」

業政が膝をすすめると、

「おいたわしや」

と、景虎は吐息《といき》まじりに嘆いた。

「管領さまをお助けするため、ここはひとつ、景虎どのおんみずから関東へ出馬していただけまいか」

「我に関東へ軍勢をすすめよと……」

「さよう。関東はいま、北条の草刈り場となっている。そして、北条につづき、武田もまた西から関東を狙《ねら》っている。わしも踏ん張るつもりだが、見てのとおりの老骨。いつまで

耐え切れるか、正直、自信がない」

「……………」

「北条、武田に蹂躙《じゅうりん》されれば、管領さまだけでなく、田畑を耕す民の暮らしに難儀がかかる。わしには死しても、守らねばならぬものがあるのじゃ」

業政は強く訴えた。

三

半月後――。

長尾景虎がつけた兵に守られて、長野業政は上州へ帰還した。

国ざかいの山々は、すでにあざやかに紅葉しはじめている。

箕輪城へもどると、女房のおふくをはじめ、諸城に嫁いでいる娘らの一族、家臣たちが総出で業政を出迎えた。

「おまえさま……」

いつも気丈なおふくが、思わず目に涙を滲《にじ》ませた。

「どうした、おふく。そなたらしくもない。文句のひとつも言わぬか」

「おまえさまというお方は……。ほんに、よい年をして、皆にいらざる苦労をかけて。豊後守どのや、伊勢守どのにお謝りなされ」

涙をこぼしながら、おふくが小言を口にする。だが、その声には隠しきれない喜びがあふれている。

「ともあれ、ご無事でようござった」

業政の不在中、箕輪城の留守をあずかっていた一ノ執権の藤井豊後守が安堵《あんど》の表情を浮かべた。

「して、殿。越後にての首尾は?」

上泉伊勢守が聞いた。

「込み入った話はあとじゃ、あと」

業政は言い、

「いまは何より、おふく自慢の焼き饅頭《まんじゅう》が食いたい。あれを食わぬと、上野へもどった気がせぬ」

と、腹をさすってみせた。

「おまえさまの好物ですもの。たんと用意してございます」

「おお、さすがおふくじゃ。いつもながら、よく気が利《き》くのう」

「相変わらず、お口がうまい」

おふくと娘たちに導かれて大台所へ行くと、すでに饅頭を焼く香ばしい匂いがただよっている。

餡《あん》の入らぬ饅頭を竹串《たけぐし》に刺し、両面に甘味噌《あまみそ》を刷毛《はけ》で塗って焼いただけの素朴なものだが、業政のような上州で生まれ育った者にとっては、子供のころから舌に馴染《なじ》んだ懐かしい味である。

米どころ、越後の春日山城では朝夕に米の飯が供されたが、

(たしかにうまいが、わしの口には合わぬ。おっきりこみや、焼き饅頭のほうがよい……)

業政は胸のうちで思っていた。

上州は土地が山がちで、米の穫《と》れ高が少ない。そのため、主食は小麦を使った饂飩や饅頭が中心となっている。

事情は、山に囲まれた隣国信濃や甲斐《かい》も同じで、上州とよく似た粉食文化圏が広がっていた。

米が穫れぬことを、

(不幸だ……)

とは、業政は思わない。

たしかに、たくさんの米が穫れ、海にもめぐまれた越後は豊かであったが、

(上州には、上州のよさがある)

業政は焼き饅頭をしみじみと嚙《か》みしめた。

翌朝——。

体力を回復した業政は、留守にしていたあいだの空白の時間を取りもどすように、精力的に動きはじめた。

業政は榛名山《はるなさん》の裾野《すその》の水利をととのえるため、

長野堰《せき》

十二堰

などの堰を築いている。

堰とは、取水のために河川を堰止める建造物のことで、そこから用水を引き、田畑をうるおす。かつては、用水路をふくめた施設全体を堰と呼びならわしていた。

業政は供《とも》の者を従え、どこかに不都合が起きておらぬかどうか、堰のようすを見てまわった。

「これは、ご領主さま。久しくお顔を拝見いたしませなんだ」

畑で大根を引き抜いていた腰の曲がった老爺《ろうや》が、業政の姿を目ざとく見つけ、声をかけてきた。

「誰かと思えば、権爺《ごんじい》か。今年の大根の出来具合はどうじゃ」

「まずまずだんべ。ひとつ、味見して行かれますかいの」

「いや、いまは腹一杯だ。味見せずとも、権爺の大根は上州一とわかっておる」

「上州一じゃねえ。天下一だんべえ」

「おお、これは悪かったな」

業政は頭を掻いた。

「そりゃそうと、甲斐の軍勢はまた攻めて来るんじゃろか」

権爺が、ふと不安そうな表情になった。

「案ずることはない。このわしが、ついておるではないか。他所者《よそもの》の武田の思うようにはさせぬ」

「頼りにしておりますぞ」

「まかせておけ」

業政は笑い、手綱《たづな》を引いて馬を走らせた。

昼間は陽差《ひざ》しが強く、晩秋とは思えぬほど暖かかったが、山ぎわに夕陽《ゆうひ》が没すると、にわかに冷え込んできた。

その日の夜半、業政は城内の地炉《じろ》ノ間に藤井豊後守と上泉信綱《のぶつな》を呼んだ。

「わしが留守をしておるあいだも、領内はみごとに治まっていたようだ」

「殿のご不在は、領民どもに知らせておりませぬゆえ」

藤井豊後守が言った。

「それでよい」

業政はうなずき、

「わしのおらぬあいだ、武田の動きはいかがであった」

囲炉裏《いろり》に粗朶《そだ》をくべながら聞いた。

「北信濃の計略に忙しいようで、上州方面では鳴《な》りをひそめておりました」

上泉信綱が答える。

「それは重畳《ちょうじょう》」

「して、殿。長尾景虎が件は？」

信綱が切れ長な目を光らせた。

「関東へ出馬下されると、ご返答いただけたでありましょうか」

「そのことだ」

業政はパチパチと音を立ててはぜる囲炉裏の火を見つめた。

「景虎どのとは、関東出陣について、一度ならず、二度、三度と話し合《お》うた。そして、出馬の確約を得た」

「おお……」

豊後守と信綱が、顔に喜色《きしょく》を浮かべて身を乗り出した。

「ただし」

と、業政は眉間《みけん》に皺《しわ》を寄せた。

「いま、すぐにというわけにはいかぬ。いずれ、とのみ……」

「いずれとは、いかなることにございます」

信綱が食い入るように業政を見つめた。

「今年はならぬ、明年ということにございましょうか」

「わからぬ」

業政は首を横に振り、

「当の景虎どの自身、越後の国人《こくじん》たちを完全にはまとめ上げておらぬ。しかも、武田晴信に追われた信濃衆を助けねばならぬとあっては、山越えで関東へ乗り出すことができるのは、まだ先と見たほうがよい」

「それでは、われらは……」

わずかに表情を揺るがせる家臣たちに、

「しかし、景虎どのは必ず来る。それまで、われらの力だけで、この西上野を死守せねばなるまい」

業政は落ち着いた声で言った。

四

甲斐、躑躅ヶ崎館《つつじがさきやかた》――。
甲斐国守護武田氏の館である。
永正十六年（一五一九）、武田信虎《のぶとら》が石和《いさわ》より居《きょ》を移したのにはじまり、徐々に居館と政庁の場としての体裁《ていさい》をととのえながら、その子晴信に受け継がれている。
正方形の主郭《しゅかく》を中心に、
西曲輪
稲荷《いなり》曲輪
味噌曲輪
などの副郭が配置された平城《ひらじろ》で、館のまわりには重臣たちの屋敷が塀《へい》をつらね、碁盤目《ごばんめ》状《じょう》に整備された道にそって、町屋が形成されている。
周囲を山に囲まれた盆地ではあるが、武田氏の勢力拡大とともに城下は賑《にぎ》わい、繁栄をみせるようになった。
躑躅ヶ崎館の名の由来は、居館の東側に見える躑躅ヶ崎の峰に、山躑躅の木が多いためという。

御殿の屋根は檜皮葺《ひわだぶ》きで、書院造りの会所に面して、庭をめぐった泉水がそそぎ込む大きな池が広がっていた。

その躑躅ヶ崎館の常ノ間で、武田晴信はひとりの男を引見していた。

十年あまり前に晴信に従い、いまは信濃先方衆《さきかたしゅう》として武田軍の一翼を担っている真田《さなだ》幸《ゆき》隆《たか》である。

「箕輪城に長野業政が帰還いたしましてございます」

「生きてもどりおったか」

晴信は形のいい口髭《くちひげ》を撫《な》でた。

鳶色《とびいろ》の目は知的で、ふと和《やわ》らげた口もとには人を魅《ひ》きつける魅力があるが、どうかすると猛禽《もうきん》のような冷酷非情な表情を浮かべることがある。

「あのような老いぼれ馬、放っておいても勝手に野垂《のた》れ死《じ》ぬと思ったがのう」

「ただの老いぼれではございませぬ。矢を受け、脚折れたとて前へ駈《か》けることをやめぬ、名馬にございますれば」

幸隆がつつしみ深く目を伏せて言った。

「そなたはいっとき、箕輪城に寄寓《きぐう》しておったことがあったのう」

「は……」

「業政の箕輪城不在の報告が遅れたのは、そのためか」

射《い》るような目で、晴信が真田幸隆を見た。

「そのようなことはございませぬ。信越《しんえつ》国境に放っておりました素ッ破とのつなぎに、いささか不都合がござっただけで……」

「大国のはざまに生きる小勢力どうし、かばい合うか」

「けっして、さようなことは」

「まあよい」

晴信が鼻で笑った。

「年が明けたら、わしは軍勢をひきいて西上野へ攻め入る」

「お屋形《やかた》さまおんみずから、ご出馬なされますか」

幸隆の背筋に緊張が走った。

「されば、一息に西上野一揆衆《いっきしゅう》を揉《も》み潰《つぶ》されるご所存《しょぞん》で」

「いや」

茶坊主頭《ちゃぼうずがしら》の福阿弥《ふくあみ》が点《た》ててきた天目茶碗《てんもくぢゃわん》の茶を、晴信は喉《のど》を鳴らしてうまそうに飲み干した。

躑躅ケ崎館の近くには専用の茶畑があり、茶坊主頭の福阿弥、および春《はる》阿弥の下に、二十人の同朋衆《どうほうしゅう》が召《め》し抱えられている。

生きるために、必死に戦いに明け暮れている真田幸隆や業政とちがい、守護大名の晴信

には茶の湯や猿楽《さるがく》を娯《たの》しむ、

——余裕
があった。

「わしが上州へ出陣するのは、あくまで見せかけよ」

「と申されますと？」

「信濃の武将のそなたならわかるであろう」

「お屋形さまの真の狙いは、川中島にござりますか」

「西上野の一揆衆など、潰そうと思えばいつでも潰せる」

「…………」

「北信濃を支配下におさめれば、その向こうには北国船《ほっこくぶね》が行きかう豊かな海がある。その海は、はるか上方へと通じている」

晴信は陶然《とうぜん》とした目をした。

「ご上洛《じょうらく》をめざされるのでございますな」

幸隆の言葉に、

「当然だ」

晴信は骨格のしっかりとした顎《あご》を引いて、深くうなずいた。

「この戦国の世に漢《おとこ》として生まれた以上、京の都に旗を樹《た》てる以上の夢があるか」

「は……」

「わしは、日本《ひのもと》の覇者《はしゃ》となる。その覇者の前では、西上野の一揆衆など大海に浮かぶひとひらの泡屑《あわくず》に過ぎぬ」

「さりながら、その泡にも」

「何じゃ」

「心というものがございます」

幸隆は目を上げた。

晴信の前で、言わでものこととはわかっているが、つい持ち前の反骨心《はんこつしん》がむくむくと頭をもたげてしまう。

(お屋形さまから見れば、わしも箕輪の業政と同じ、泡屑のひとつじゃ。だが、わしらにも誇りはある。京の都に旗を樹てる以上に、おのが手で守りたいものがあるのだ……)

「心とな」

晴信がふと、眉をひそめた。

「はい」

「ばかな」

短く吐《は》き捨てると、晴信ははじけるように笑い出した。

「泡屑に心などあるか。たとえあったとて、そのようなものをいちいち斟酌《しんしゃく》して、天下統一の覇業が成しとげられると思うか」

「お言葉、ごもっともにございます。しかし、天ばかりを見上げて、思わぬ伏兵《ふくへい》に足もとを掬《すく》われるということもございましょう」

「心配は無用じゃ」

武田晴信は、もとの冷たい表情にもどって言った。

「川中島を手中におさめたのち、西上野の攻略に本腰を入れる」

「は……」

「そのときは、そなたが先鋒《せんぽう》ぞ。働けば、働いた分だけ、相応の恩賞をつかわす。励むがよかろう」

「ははッ」

真田幸隆は床に両手をついて平伏した。

躑躅ヶ崎館からの帰途——。

大手門を出た幸隆が、黒鹿毛の背にうちまたがろうとすると、その袖を、

「真田さま」

と、引く女の姿があった。

「そなたか、風花《かざはな》」

「いよいよ晴信さまが、箕輪城をお攻めになるのでございますか」

「気になるか、あの男のことが」

手綱をつかんだ幸隆は、あでやかな茜色《あかねいろ》の小袖を着た女を見下ろした。

「いえ」

「嘘《うそ》をついてもすぐわかる。どのような手管《てくだ》を使うか知らぬが、業政は昔から、おなごの心をつかむのがうまいでのう」

「ただ、女に弱いだけのお方ではございませぬか」

「まこと、そう思うか」

「…………」

風花の黒い瞳《ひとみ》が、きらきらと濡《ぬ》れるように光った。

「西上野へ飛べ、風花。あの男の動きから、目を離すな」

それだけ言うと、真田幸隆は馬の尻《しり》にぴしりと鞭《むち》をくれた。

五

武田晴信ひきいる二万の軍勢が、まだ雪の残る内山《うちやま》峠を越えて西上野へ侵入したのは、年が明けた弘治三年（一五五七）のことである。

——武田晴信動く

の一報は、上信国境に放っていた斥候《せっこう》より、箕輪城の業政のもとへもたらされた。

「ついに、晴信が出てまいるか」

業政は頬を厳しく引き締めた。

「武田晴信みずからが軍勢をひきいて来襲するとなれば、これはなかなか厄介《やっかい》にございますな」

藤井豊後守が言った。

顔が青ざめている。それほど、武田晴信という名は、近隣の土豪たちを畏怖《いふ》させる力を持っている。

「さっそく、諸城の西上野一揆衆に伝令を発しまするか」

「慌《あわ》てるな」

業政は竹串に刺した焼き饅頭をほおばった。

「そなたも食え、豊後守。まずは、腹ごしらえぞ」

「さりながら……」

「いたずらに騒ぎ立てても仕方あるまい。すでに、打つべき手は打ってある」

「それはどのような」

「伊勢守を呼べ」

唇についた甘味噌を、業政は手の甲でぐいとぬぐった。

ほどなく、上泉伊勢守信綱があらわれた。すでに、武田晴信出陣の情報を聞きおよんでいるらしく、ピシリと伸ばした背筋に緊張をみなぎらせている。

「春日山城へ使者は送っておるか」

「先刻、湛光風車の手の者を走らせましてございます」

「それでよし」

業政はうなずいた。

「山越えでの出陣はかなわぬまでも、北信濃方面で長尾景虎どのが動いてくれれば、晴信も西上野での長陣は難しくなる。われらは、長尾の動きを気にして武田が兵を退くまで耐えしのげばよい」

「長尾景虎は信用できますかな」

藤井豊後守が目に不安の色を浮かべた。

「越後の者にとっては、この西上野の危機など、険阻《けんそ》な峰々をへだてた遠国のこと。殿とは口約束をかわしただけで、どれほど真剣に動いてくれましょうか」

「わしはあの男を信じる」

業政は晴れやかな声で言った。

「景虎どのは義の人だ。いったんかわした約束をたがえるような男ではない」

「されど、われらを助けたとて、向こうには何の旨《うま》みもございませぬ。はたして利のないところに、人が動きますものかどうか」

「世の中には、そうした男もいるのだ。人を疑うことは、乱世を生き抜くうえで肝要かもしれぬが、疑ってばかりでは開ける道も開けぬぞ」

「さようなものですかな」

「それゆえ、おまえたちも景虎どのを信じて腹をくれ」

業政は言うと、藤井豊後守と上泉信綱の前に差図《さしず》（地図）を広げた。

「われらもひたすら守勢に徹するだけでは、敵を防ぐことはできぬ」

「何か、策がおありでございますか」

上泉信綱が切れ長の目を上げた。

「敵が勢いさかんなるときは、真正面から仕掛けてはならぬ。それが、兵法の常道だ」

「されば、どのように？」

「わが箕輪城には、北西一里（約四キロ）のところに鷹留《たかとめ》城という支城がある」

業政は差図を扇の先でしめし、

「加えて、わが城を囲むように箕輪衆の城が十二ある。安中《あんなか》をはじめとする親類縁者、西上野の国衆の城をあわせれば、その数五十は下らぬ。それを、こう……」

城と城をつなぐように、差図の上をなぞった。

「網の目のごとく防衛線を張りめぐらし、それぞれが城に籠《こ》もって守りを固める。いかな武田の大軍とて、一度に十も二十も城を攻めることはできまい。同時に攻撃できるのは、せいぜいひとつかふたつ。攻められた城は、ひたすら貝のごとく閉じこもる。よほどのことがないかぎり、一月《ひとつき》や二月《ふたつき》の籠城《ろうじょう》は可能であろう」

「越後方面に何らかの動きがあるまで、不用意な決戦を避け、ひたすら耐えしのぐのでございますな」

信綱の言葉に、

「おのおのの城で密に連絡を取り合い、隙《すき》を見て、城を包囲している武田陣に夜襲をかける」

業政は太く笑った。

「しかし、籠城戦には、それ相応の兵糧《ひょうろう》のたくわえが必要でござろう」

藤井豊後守が言った。

「おおさ抜かりはない」

業政は扇をおさめ、

「真っ先に武田の標的となりそうな国ざかい近くの鷹ノ巣《たかのす》城、宮崎城、富岡城、国峯《くにみね》城、それに東山道《とうさんどう》の守りのかなめ、松井田城、安中城へ、すでに十分な物資を運び込ませておる」

「ほう、それは……」

「近在の百姓どもに声をかけたれば、みな喜んで一肌《ひとはだ》脱いでくれたわ」

「百姓どもの暮らし向きにつね日ごろから目配りをしておられる、殿の日ごろのお心がけの賜物《たまもの》ですな」

「人の心は、金では買えぬものよ。前線で敵にあたるのを他人の城と思わず、わが城を攻められているのと同じ気構えで、たがいに助け合うことこそ大事」

「まさしく、西上野一揆衆の結束力がためされるいくさでございますな」

「みなで武田晴信に、目にもの見せてくれようぞ」

業政は喜々とした表情で言った。

上州入りした武田軍は、

——西牧城《さいもく》
へ入った。

西牧城は、西上野における武田方の前線基地である。

武田晴信は、この西牧城に腰をすえ、先鋒の馬場《ばば》信春《のぶはる》、信濃先方衆の真田幸隆らに、下《しも》仁田《にた》の鷹ノ巣城を囲ませた。

鷹ノ巣城の守将は、小幡《おばた》景守《かげもり》。

業政の二女奈津《なつ》の夫、景定《かげさだ》の縁戚《えんせき》で、剛勇をもって知られている。弱腰の景定とちがい、武田の大軍に囲まれても、動じるような男ではない。

「散々《さんざん》に翻弄《ほんろう》し、天下にわが名を知らしめてやるわ」

血気にはやる景守に、業政は使いの普化宗《ふけしゆう》の虚無僧《こむそう》を送り、

「そなたの仕事は、ひたすら城に閉じこもって耐えていることだ。間違っても、外へ打って出ようなどと思ってはならぬぞ」

と、釘《くぎ》を刺した。

業政の命に従い、小幡景守は城門をぴたりと閉ざし、籠城戦の構えをとった。塀ぎわまで攻め寄せてくる敵に対しては、櫓の上から石つぶてを投げ、弓矢を射かけて激しく抵抗する。

そのしぶとさに、武田方の馬場美濃守《みののかみ》、真田幸隆らは攻めあぐねた。

それを見た西牧城の武田晴信は、小山田《おやまだ》信茂《のぶしげ》隊二千を援兵として鷹ノ巣城へ差し向けてきた。

蟻《あり》の這い出る隙もなく包囲された鷹ノ巣城は、大海に頼りなく浮かぶ小島のごとくなった。

「景守を見捨ててはならぬッ！」

業政は、松井田城、安中城にいた安中一族に出撃を命じた。

両城の兵は、山越えで夜襲をかけ、鷹ノ巣城を囲んでいる武田勢に少なからぬ損害を与

えた。

松井田城、安中城だけでなく、周辺の諸城からも、夜陰《やいん》にまぎれて西上野一揆衆がたびたび出撃。変幻自在の働きで、武田軍を悩ませた。

六

長尾景虎は、越後春日山城の三階櫓にいた。

春日山のいただきにある三階櫓からは、北に日本海と純白の雪をのせた米山の秀峰、東に頸城平野、南に目を転ずれば信越国境の山並みをのぞむことができる。

いま、景虎の瞳に映っているのは、そのいずれでもない。春まだ浅い、越後の空であった。

「箕輪城の長野業政から、来援をもとめる使者がまいっております」

景虎の後ろに控える直江大和守景綱《なおえやまとのかみかげつな》が、重みのある声で言った。

直江景綱は、景虎のもっとも信頼する老臣である。景虎が春日山城を不在にしているときも、内政、外交、民政と、留守をしっかりあずかり、諸方面に睨《にら》みを利かせている。

「業政より使者が」

「はい」

「武田が上野へ攻め入ったか」

「そのようにございます」

景綱は、忍びの軒猿《のきざる》を放って調べさせた西上野の情勢を景虎に報告した。

「こたびの軍勢をひきいるのは、武田晴信自身。国ざかい近くの西牧城に腰をすえ、小幡景守の籠もる下仁田の鷹ノ巣城を包囲しております」

「して、戦況は」

「西上野一揆衆はしぶとく抵抗をつづけております。お屋形さまが越山《えつざん》して上野へ救援に駆けつけられることを信じ、かの者どもは武田の攻撃を耐えしのいでいるのでござりましょう」

「越山か」

景虎は太く息を吐いた。

「わしは、一度交わした約束をたがえる男ではない」

「御意《ぎょい》」

「しかし、いまは山の向こうへ援軍を送るわけにはいかぬ」

「それはまた、何ゆえにございます」

主君の義に篤《あつ》い気性を知る景綱が、不審そうに眉をひそめた。

「今回の上野攻めは、武田晴信の仕掛けた罠《わな》であるからよ」

「罠？」

「そうだ」

景虎はうなずき、

「わしが軍勢をひきいて越山すれば、北の守りは手薄になる。晴信はそこを狙い、北信濃の川中島平《だいら》を掠《かす》め取る所存であろう」

「なるほど」

「みずから上野入りしながら、晴信はその一方で、別働隊をひそかに北信濃へ派遣し、葛《かつら》山《やま》城を攻め落としておる。晴信の野心が、川中島平にあることは明白」

「言われてみれば……」

「見えすいた手よ」

景虎は口もとの翳《かげり》を深くした。

「されば、お屋形さまは長野業政をお見捨てになるのでございますか」

直江景綱が、景虎をあおぐように見上げた。

「見捨てはせぬ、断じて」

「では……」

「考えがある」

景虎は低くつぶやいたきり、それ以上、直江景綱が何をたずねても、返答しようとはしなかった。

それから半月のあいだ――。

長尾景虎は、春日山の毘沙門堂に籠もりつづけた。

水がぬるみ、峠の雪が解けはじめるころ、ようやく毘沙門堂を出て、全軍に出陣命令を下した。

遠征先は上州ではない。

長尾景虎は出陣のさい、

――武禘式《ぶていしき》
なるものを執《と》りおこなう。

城内の護摩堂《ごまどう》で五壇護摩《ごだんごま》を修したのち、毘沙門天に戦勝を祈願。神前に供えた霊水を水筒におさめる。

そのあと、先陣の将は「毘《び》」の軍旗、二番手の将は朝廷より拝領の「紺地《こんじ》日の丸」の旗をあずかり、門を出たところで門出《かどで》の法螺貝《ほらがい》を吹き鳴らすならわしがあった。

越後の野に、山に、勇壮な法螺貝の音が響き渡った。


景虎は、軍神毘沙門天がその身にのりうつったごとく、眦《まなじり》を決して叫んだ。

「川中島平へッ!」

長尾景虎が八千の軍勢をひきいて北信濃へ入ると、遠く離れた西上野の戦線に、劇的な変化が起きた。

「鷹ノ巣城を囲んでいた武田勢が、退却して行きまするぞッ!」

上泉信綱が、息せき切らせて業政のもとへ駈け込んできた。

「何じゃとッ」

おっきりこみを食っていた箸《はし》を放り出し、業政は立ち上がった。

「それはまことか」

「前線の斥候から、ただいま知らせがまいりました。間違いありませぬ」

「馬を用意せい」

何ごとも、おのが目と耳でたしかめずにいられないのが業政の性分である。

野ゼリが生える春の道を、業政は馬に鞭を入れて駈けに駈けた。

やがて——。

鷹ノ巣城と川をへだてた丘の上に出た。

あたりは、赤松が生い茂っている。

「何としたことじゃ」

肩で大きく息をし、業政は眼前の光景に目をみはった。

たしかに、鷹ノ巣城のまわりに蟻のごとく群がっていた武田勢が、列をなして国境の方角へ去っていく。

よほど急いでいたのか、まだ炊飯《すいはん》の煙を立ちのぼらせている大釜《おおがま》や、何本かの幟《のぼり》があとに残されているのが見えた。

「命拾いをなさったようですね」

すぐ後ろで声がした。

業政が振り返ると、赤松の幹のかげから藍鼠色《あいねずいろ》の忍び装束を身にまとった女が姿をあらわした。

「風花……。そなたか」

業政は一瞬、顔をこわばらせた。

この女の色香に惑《まど》わされ、業政は大熊朝秀に幽閉《ゆうへい》されて、あやうく命を失うところであった。

「越後の長尾景虎に、せいぜい感謝なさることです」

「どういうことだ」

「景虎が、北信濃の川中島平へ出馬したのです。それゆえ、晴信さまは……」

「上野から兵を返さざるを得なくなったということか」

「そう」

風花が微笑《わら》った。

「本来なら、晴信さまのほうが景虎をこの西上野へ誘い出し、その隙に川中島平へ攻め込む手筈《てはず》になっていたのです」

「裏をかかれたのだな」

「景虎も、なかなかやるものです」

「負け惜しみを言うな。景虎どのは、わしが見込んだ男だ。必ずや、手を差し伸べてくれるものと信じておった」

「あなたさまは」

と、風花は小首をかしげるようにして業政を見た。

「なぜそのように、人を頭からお信じになるのです。それでは、命がいくつあっても足りますまい」

「わしはこの年まで、こうやって生きてきた。これからも変えるつもりはない」

「愚《おろ》かな……」

「何とでも言え。人を信じることができぬのは不幸だぞ」

「私は人を裏切らぬ男になど、一度も出会ったことがない」

「そのそなたが、なぜ武田方の大事をわしに教える」

「それは……」

風花が何か言いかけたとき、丘をのぼってくる足音がした。あとから追いかけてきた、上泉信綱の一行であった。

「風花」

と、業政が振り返ったとき、女の姿はすでにそこにはなく、伽羅《きゃら》の香りだけが色濃く残っていた。

攻防

一

弘治三年（一五五七）四月二十一日——。

北信濃の川中島平《かわなかじまだいら》に姿をあらわした長尾《ながお》景虎《かげとら》は、武田勢に占拠された葛山《かつらやま》城を攻め、これを陥落させた。

その後、景虎はいったん飯山《いいやま》まで退《ひ》き、上野《こうずけ》から武田《たけだ》晴信《はるのぶ》が川中島平へ押し出してくるのを、満を持して待ち構えた。

だが、晴信もさるものである。

そうやすやすと、相手の術中に飛び込むようなまねはしない。川中島平の南東十二里（約四十八キロ）、佐久郡の小諸《こもろ》に着陣した晴信は、そこに腰をすえ、静観の構えをとった。

五月に入り、長尾景虎は軍勢をひきいてふたたび南下。

上田西方の坂城《さかき》、岩鼻《いわばな》近辺に陣をしいていた武田勢を急襲し、苦もなく敗走させた。

しかし、長尾、武田両軍は、いまだ本格的な決戦には至らず、その後も降りしきる五月雨《さみだれ》のなかで、たがいの出方をうかがいながら対峙《たいじ》をつづける。


やがて、梅雨《つゆ》が明けた。

川中島平から遠く離れた西上野の箕輪《みのわ》城にも、じりじりと灼《や》けるような陽射《ひざ》しが照りつける季節がやってきた。

「まだ睨《にら》み合うておるか」

本丸御殿の広縁に腰を下ろした業政《なりまさ》は、二の腕にたかったヤブ蚊をぴしゃりとたたいた。あたりに沼地や川が多いせいか、箕輪の城内には黒々とよく肥えたヤブ蚊が多い。

「はい」

上泉信綱《かみいずみのぶつな》がうなずいた。

「どちらも、うかつに動いては、敵に隙《すき》を衝《つ》かれると警戒しておるのであろう」

「剣の仕合でも、そのようなことがしばしばござる」

「ほう」

「同等の力量の使い手が、たがいに剣を構えて向き合うと、なかなか自分からは手出しができぬもの。仰《おお》せのとおり、うかつに動いた側におのずと隙が生ずるからです」

「そのようなとき、おぬしならどうする」

業政は聞いた。

「さて……」

信綱は、庭先の桶《おけ》に山と盛られたみずみずしい瓜《うり》に目をやり、

「うまそうな瓜にございますな」

と言った。

「国峯《くにみね》城の奈津《なつ》が、暑中の見舞いにと、先刻、使いに持たせてきたものじゃ。ひとつ、そなたも食うか」

「されば、お相伴《しょうばん》にあずからせていただきまする」

「うむ」

業政の目の前で、上泉信綱が身をひねるや、刀の小柄《こづか》をひょっと投げつけた。

小柄が瓜の実に深々と突き刺さる。

信綱は平然とした顔で庭へ下りると、小柄ごと瓜を取り、くるくると器用に皮を剝《む》いてたちまち胃の腑《ふ》におさめてしまった。

「うかつに動いてはならぬとき、それがしならこのように小柄でも投げ、それにて相手の注意をよそへ逸《そ》らします」

「ふむ」

「しかるのち……」

「斬《き》る、か」

「さよう」

「長尾と武田は、どちらが小柄を投げるかのう」

業政は顎《あご》を撫《な》でた。

先に均衡を破ったのは、武田晴信のほうであった。

長期の消耗戦を、

(避けたい……)

と、考えた晴信は一計を案じ、飯富《おぶ》(山県)昌景《まさかげ》を別働隊として、安曇《あずみ》経由で景虎不在中の越後へ侵入させたのである。

飯富昌景の軍勢は、西方の糸魚川《いといがわ》から長尾氏本拠の春日山《かすがやま》城を脅《おびや》かす構えをみせた。

晴信の思惑どおり、長尾景虎は馬首をめぐらせて越後への撤退をはじめた。

その瞬間を、武田晴信は待っていた。

「追撃じゃーッ!」

退却する長尾勢に、武田勢は背後から猛然と襲いかかった。

世にいう、

——上野《うえの》原《はら》の戦い

である。

通常、このような戦いでは追撃する側が圧倒的に有利なものだが、長尾景虎は攻めかかっては退き、退いてはまた攻めかかる、

——懸《か》かり引き
の戦法で、武田軍をさんざんに苦しめ、無事、越後への生還を果たした。

弘治三年の、長尾、武田両軍の一連の戦いを、第三次川中島合戦と呼ぶ。

この戦闘以後、両軍の衝突はしばらく起きず、信濃川中島平をめぐる軍事的緊張は小康状態となった。

西上野の山野にも、いっとき平穏な時がおとずれた。

空の高いところに刷毛《はけ》ではいたような絹雲が浮かび、箕輪城の水ノ手曲輪《くるわ》の上にアキアカネが群れ飛んでいる。

その長閑《のどか》な秋の静寂を破ったのは、馬蹄《ばてい》の響きでも、矢弾の飛び交う音でもない。

女の泣き声であった。

「父上ッ！」

業政の前で泣き崩れたのは、国峯城に嫁いでいる二女の奈津である。

「悔しゅうて、悔しゅうて……。もう、我慢がなりませぬ」

「いかがした、奈津。そのように泣いてばかりでは、何のことかわからぬではないか」

男親のつねで、業政は取り乱す娘の姿に戸惑《とまど》うばかりだった。

かたわらで、業政の妻おふくが、

「奈津どの。落ち着いて、お父上にわけをお話しなされませ」

と、奈津の肩を撫でている。

そのおふくも、おのが腹を痛めた娘ではないため、どこか遠慮がちに奈津をなだめているふうであった。

「わたくしは幼きころより、父上のような男とだけは連れ添うまいと心に決めておりました」

奈津が涙に濡《ぬ》れた顔を上げた。

「おい、奈津……」

「そうでございましょう、義母上《ははうえ》。父上ときたら、義母上という妻がありながら、幾人も側室を持ち、それでも足らずに、ほかにも若いおなごを……」

「奈津どののお気持ち、わからぬではありませぬ」

おふくが肉づきの豊かな顎を引いてうなずいた。身に覚えのある業政には、何とも反論のしようがない。

「わが夫は、ほかに何の取《と》り柄《え》もなき男ながら、父上のごとく、よそにおなごを作るようなお方ではない、今日の今日まで固く信じておりました。それが……」

「それが？」

「裏切られたのです」

叫ぶや、奈津がわッと泣き伏した。

業政はおふくと目を見合わせた。どうやら、事情は読めてきた。

（婿《むこ》どのに浮気の虫が起きたか……）

業政は膝の裏がむず痒《がゆ》いような気持ちになった。

奈津の夫小幡景定《おばたかげさだ》は、武将にしてはいささか頼りないところのある男である。優柔不断で、いざことに臨んでも最後まで判断を迷っている。

だが、裏を返せば、それは人間として濃《こま》やかな情を持っているということで、娘の婿としては、

（まあ、奈津を大事に思うてくれれば、それもまたよしか……）

業政は婿の欠点をおおらかな目で見ていたのである。

二

「そなたが勝手に、婿どのに女がいるとひとり決めしておるだけではないか」

業政は言った。

「そのようなことはありませぬ」

奈津が涙できらきらと光る目を上げた。

「証拠はあるのか」

「ございます」

奈津の話によると、夫景定の挙動に不審をおぼえはじめたのは、二月《ふた》ほど前のことであるという。

早朝、鷹狩《たかがり》に行くと言って、わずかな供廻《ともまわ》りとともに城を出ていったかと思うと、その日は帰らず、翌日の午過《ひるす》ぎにひどく疲れたようすでもどってくる。

またあるときは、夜になって誰にも告げずにこっそりと城を抜け出し、明け方まで帰らぬこともあった。

奈津が問い詰めても、のらりくらりと話をはぐらかすばかりで、どこか心ここにあらぬ風情である。また、めったに怒ったことのない景定が、ささいな物言いでにわかに不機嫌になり、奈津と顔を合わせるのを避けることが多くなった。

そんな奇妙な行動がたび重なった。

不審をおぼえた奈津は、実家から付いてきた腹心の侍女《じじょ》に城を出てゆく夫のあとをつけさせた。

「下仁田《しもにた》の町はずれの一軒家に、女を囲《かこ》っておったのでございます。それも、わたくしよりずっと若くて、見目うつくしい……」

「そなたとて、まだまだ捨てたものではないぞ。父親のわしが申すのも何だが、年より十も二十も若う見える」

「見えすいた世辞はよろしゅうございます、父上」

奈津がぴしゃりと言った。

「ただの浮気ではないか。しばらくすれば、婿どのの目も覚めよう。そのようにうるさく騒ぎ立てては、いたずらに男の心が離れてゆくだけぞ」

「ただの浮気ではござりませぬ」

「なに……」

「あの女はどこぞの諜者《ちょうじゃ》でございます」

容易ならぬことを奈津は口走った。

「口には気をつけよ、奈津。何をもってそのようなことを言う」

「女の家を侍女に見張らせたところ、わが夫が帰ったそのあとに、渡りの商人や山伏《やまぶし》、遊《ゆ》行《ぎょう》の聖《ひじり》など、いろんな風体の者どもが、入れ替わり立ち替わり出入りしておったそうにございます」

「まことか」

「はい」

「……」

業政は眉間《みけん》に皺《しわ》を寄せて黙り込んだ。

事実とすれば、ゆゆしきことである。

たんなる浮気沙汰《ざた》なら、奈津の怒りが解けるまで放っておくところだが、相手の女の素性が怪《あや》しいとなると、黙って見過ごしておくわけにはいかない。

業政自身、女のことではずいぶんと手痛い目にあっている。

(もしや、風花《かざはな》が……)

武田の妖艶《ようえん》な素《す》ッ破《ぱ》、風花のことがふと頭に浮かんだ。あの女ならば、婿の景定をたぶらかすくらい、赤子の手をひねるよりたやすかろう。

「わしが調べる。そなたは素知《そし》らぬふうをよそおい、今後は婿どのがいかような行動を取ろうと、いっさい騒ぎ立ててはならぬ」

「されど……」

不満そうに唇《くちびる》をとがらせる奈津に、

「よいな」

妻にも娘たちにも、めったに見せたことのない厳しい表情で業政は言った。

奈津が国峯城へ引き揚《あ》げると、業政は湛光風車《たんこうふうしゃ》を呼んだ。

ことの次第を手短に話し、

「武田が送り込んだ諜者やもしれぬ。女の動きから目を離すな。正体が知れたれば……」

「斬りまするか」

「ふむ……」

一瞬、考え、

「いや」

業政は首を横に振った。

「まずは、わしに報告せよ。打つ手は、それから考える」

「ははッ」

湛光風車は下仁田へ走った。

それから——。

業政は多忙な日々を送った。

国ざかいに近い下仁田近辺に、諜者の影がちらつくということは、すなわち、武田晴信が西上野攻略に本腰を入れてきたあかしであろう。早急に、武田軍再征に対する備えをかためておく必要がある。

箕輪城支城の鷹留《たかとめ》城の土塁《どるい》の修築を急がせる一方、箕輪城に和田《わだ》八郎業繁《なりしげ》、木部《きべ》宮内少輔《くないのしょう》、大戸《おおど》左近兵衛《さこんびょうえ》、依田《よだ》新八郎《しんぱちろう》、倉賀野《くらがの》左衛門五郎《さえもんごろう》ら、箕輪衆を呼び集め、一枚岩となって強大な武田軍にあたることを再確認した。

その席で、和田業繁が容易ならざることを口にした。

「あの噂《うわさ》、お聞きになられましたかな」

和田業繁が、のぞき込むようにして業政の目を見た。

「噂とは？」

「業政どののもとを去り、武田晴信の走狗《そうく》となった真田《さなだ》幸隆《ゆきたか》が、西上野の衆を切り崩さんものと、しきりに密使を送り込んでいるという」

「真田が……」

業政は眉《まゆ》を動かした。

「そうそう。さような風聞、それがしも耳にいたしました」

業政の十一女を妻にしている、一同のなかでは年若の依田新八郎がうなずき、

「嘘《うそ》かまことか存じませぬが、羽尾《はねお》修理亮《しゅりのすけ》どのはすでに調略に応じ、本領安堵《あんど》の密約を交わしておるとか」

と、声をひそめて言った。

「まさか……。羽尾修理亮は、ここに集まったわれらと同じく業政どのの娘御《むすめご》を妻にし、一族の縁につらなる仲ではないか」

木部宮内少輔が笑い飛ばした。

「されば、木部どのは、この座に羽尾修理亮の姿が見えぬことを、どのようにご説明なさ

れる」

和田業繁の言葉に、

「それは……」

木部宮内少輔が、にわかに表情をこわばらせた。

「羽尾修理亮は箕輪衆ではあるが、真田と同じ六連銭《むつれんせん》の家紋を用いる、同族の海野《うんの》一門の出じゃ。つながりが深いといえば、これほど深い関係はあるまい。万が一、羽尾が真田に切り崩されたとすれば、これは大事でござりますぞ、お義父上《ちちうえ》」

和田業繁が膝《ひざ》を乗り出した。

「うろたえるな。噂は噂にすぎぬ」

「しかし……」

「不確かな風説を流してわれらの動揺を誘い、結束を乱そうとの敵の手やもしれぬ」

業政は婿たちをたしなめた。

だが、いったん彼らの心に立ち込めはじめた疑惑の霧は、容易なことでは晴れない。

「ほかにも誰か、真田に籠絡《ろうらく》された者がおるのではないか」

「国峯城の小幡景定どのの顔も、今日は見えぬぞ」

「おお、そう申せば……」

「小幡景定は、羽尾とよく連れ立って鷹狩へゆく仲であったからのう。何ぞ、うまい話でも持ちかけられたか」

一座は騒然とした。

三

夏の夜が更《ふ》けている。

信濃《しなの》国真田郷、松尾古城——。

真田氏のいにしえの本拠であった松尾古城は、その役割が真田本城からさらに、上田盆地を見下ろす小県《ちいさがた》郡の砥石《といし》城に移っているため、いまは出入りする者もほとんどなく打ち捨てられている。

松林を揺らして吹く風は涼しく、城の周辺の野や山には早くも初秋の気配が立ち込めはじめていた。

「首尾はいかがであった」

荒廃した本丸御殿の広縁に腰をかけ、闇《やみ》に向かってささやいたのは、この城のぬし真田幸隆である。肩幅広く、無精髭《ぶしょうひげ》を生《は》やした面貌《めんぼう》に、男盛りの色気がただよっている。

「まずまずにございます」

白い笹竜胆《ささりんどう》の花が咲く茂みから、低くしめった女の声がした。

「わたくしの仲間、空蟬《うつせみ》が国峯城主小幡景定に近づき、すでに深い仲となっております。あのようすでは、景定がお味方に付くのは時間の問題でございましょう」

「おなごの力とは恐ろしいものよの」

「それを見越して、わたくしどもを上野国へお遣《つか》わしになったのでありましょうに」

女が笑った。

「風花」

と、幸隆が女の名を呼んだ。

「世の中とは皮肉なものだの。娘たちを西上野の諸城へ嫁がせて、国侍《くにざむらい》どもの結束をはかった長野業政が、逆に女の力で足もとをすくわれることになろうとは」

「羽根尾《はねお》城の羽尾修理亮は、西上野が武田の領国となったときの、本領《ほんりよう》安堵の約束をもってお誘いになっているのでございましょう」

「たいがいの人間は、色と利に弱いでな」

「まことに」

「一見、ひとつに団結しているように見える西上野一揆衆《いっきしゅう》だが、そのじつ、ひとりひとりの心は揺れている。そこに、切り崩しの糸口がある」

幸隆は太い腕を組み、頭上にひろがる満天の星空を見上げた。

「長野《ながの》業政は、流寓《りゅうぐう》時代のあなたさまを救った恩人でありましょうに。いまなさっておいでのことは、その恩を仇《あだ》で返すお振る舞いでは……」

風花の声には、かすかな非難の響きがある。

「そのようなことはない」

幸隆は断じた。

「いまは乱世だ。ましてや、わしや業政どののごとき大勢力のはざまで生きる弱小勢力は、あらんかぎりの知恵を振り絞り、この厳しい世を生き残っていかねばならぬ。それは、業政どのも十分に承知しておるだろう」

「知恵と知恵の戦い？」

「そうだ」

幸隆はうなずいた。

「どちらか、知恵の劣ったほうが敗れ去る。たとえ負けたとしても、わしは業政どのを恨まぬし、業政どのも同様であろう」

「箕輪衆の結束を乱し、次はどのような一手を打たれるつもりでございます」

「ふむ……」

幸隆が顎を撫でたとき、それまですだいていた虫の音が、不意にぱったりとやんだ。

幸隆のまなこが、庭に枝をのばしている松の古木の樹上に向けられた。

「何奴《なにやつ》ッ！」

誰何《すいか》の声を幸隆が発した瞬間、星明かりに青白い光芒《こうぼう》が閃《ひらめ》き、樹上から飛来するものがあった。

とっさに、幸隆は広縁に伏せて身を避けた。

背後の板戸に、

——タンッ

と、細身の小刀が突き刺さった。

「御殿のうちにお隠れ下さい。くせ者は、わたくしが」

しげみから躍り出た忍び装束《しょうぞく》の風花が、松の古木に向かって、手練《しゅれん》の早業《はやわざ》で手裏剣《しゅりけん》を放つ。

松の枝が揺れ、ばさりと地面に落下してくるものがあった。

低く構えた忍刀《にんとう》を手に、風花が駈《か》け寄る。

「これは……」

落ちてきたのは人ではない。

真ん中に手裏剣が深々と刺さった、大きな藁束《わらたば》であった。

そのとき、ふたたび松の枝がたわみ、黒い大柄な影が崩れかけた御殿の土塀を乗り越えて闇に吸い込まれてゆく。

——ちッ

と、舌打ちして風花があとを追おうとすると、

「よい。そなたの手に負える相手ではあるまいよ」

真田幸隆が指笛を吹いた。

闇のなかから、鈴掛《すずかけ》に兜巾《ときん》をつけた屈強そうな体つきの男が、五、六人、湧《わ》きだした。

幸隆子飼《こが》いの、四阿山《あずまやさん》の山伏たちである。

「くせ者はまだ、そう遠くへは行っていまい。追えッ!」

幸隆の命令一下、山伏たちが鈴掛の袖《そで》をなびかせて走りだした。

遠くで、野犬の鳴く声がした。

普化宗《ふけしゅう》の虚無僧湛光風車が、箕輪城の奥御殿に姿をあらわしたのは、翌朝、長野業政が井戸端で顔を洗っていたときである。

業政は若いころから早起きで、日の出の前に床《とこ》から出ないと気がすまない。早朝の空気はすがすがしく、

(何やら、得をしたような気がする……)

業政は箕輪城内に、豊富に湧き出す井戸水で口をすすぎ、のぼりだした朝日に照り映える榛名山《はるなさん》を仰いだ。

と、そこへ、

「殿……」

湛光風車が右肩を押さえながら駈け込んできた。

見れば、身につけている黒い小袖が裂け、素肌に血が滲《にじ》んでいる。肩にかけた金襴《きんらん》の絡《らく》子《す》も千切れ、顔から血の気が失せていた。

「いかがした、湛光風車」

業政は、井戸端に転げ込んだ湛光風車の前に歩み寄った。

「ひどい怪我《けが》じゃ。すぐに医者を呼ぶ」

「これしきの傷、ご心配にはおよびませぬ。それがしとしたことが、とんだ不覚を取りました」

「相手は真田の手の者か」

「はッ。四阿山の山伏どもに追われ、さんざんに切り結んで、ようやく振り切ってまいった次第」

「そなたほどの手だれに、これほどの手傷を負わせるとは……。幸隆子飼いの山伏も、やるものよ」

「それよりも、殿」

湛光風車が底光りする目を上げた。

「国峯城の小幡景定どのに息のかかった女を差し向け、蕩《たら》し込んでいたのは、やはり真田幸隆でございました」

「されば、羽尾修理亮も？」

「本領安堵を餌《えさ》に、切り崩しをはかっておるようです」

「ふむ……」

と、業政は眉間にかすかな皺を刻んだ。

「このまま放っておかれましては、ほかの諸城の方々にも、調略の手がおよぶものと存じます」

「真田も生きるために必死じゃな」

「いっそ、寝首を掻《か》かれますか」

「ならぬ」

「しかし……」

「それよりも、いまはそなたの手当じゃ、手当」

業政は大声で人を呼ばわった。

四

（ここが堪《こら》えどころよ……）

業政は奥歯を嚙《か》みしめた。

真田幸隆は一流の知恵者である。業政がもっとも掻き乱されたくない部分に、手を突っ込んできた。

ひとり、ひとり、立場もちがえば利害も異なる西上野の土豪たちが、強大な武田軍の侵攻に対し、いままで頑強な抵抗をしめすことができたのは、彼らが、

——自分たちの誇りを守る。

という信念のもと、一丸となって敵にあたってきたからにほかならない。

真田幸隆はそこに、

「色欲」

「領土欲」

といった、人間が本来持っている欲望の甘い罠《わな》を仕掛け、西上野一揆衆の結束を崩壊させようとしている。

人は弱い。

目の前に利をぶら下げられて、心の動かぬ者はいない。欲望の前では、主君への忠義も色あせ、親兄弟への情は憎しみに変わり、昨日までの同胞に刃《やいば》を向けることさえ厭《いと》わぬようになるものである。

その欲のありかを、幸隆は巧みについてきた。

（このままでは、西上野一揆衆の絆《きずな》は断ち切られ、みなの心がばらばらになる。そうなれば、この西上野の地は、戦わずして武田の軍門に下るしかあるまい……）

もっとも恐れるべきは、外からやって来る敵ではない。ささいな欲に目を曇《くも》らされて、大義を忘れることだと業政は思った。

（そう、大義……）

緩《ゆる》みかけた男たちの結束に、もう一度、強力な箍《たが》を嵌《は》め直さねばならない。

「信綱、信綱はおるかッ」

業政は、上泉信綱を城中の一室に呼んだ。

「お呼びでございましょうか」

「そなた、これより越後へ行ってくれ」

「越後……」

「そうだ」

業政はうなずき、

「長尾景虎どのに書状をしたためる。葉留日野《はるひの》ノ里におわす関東管領上杉憲政《かんとうかんれいうえすぎのりまさ》さまを、春日山城へお迎え下さるよう頼み込むのじゃ」

「その儀《ぎ》なれば、たしか管領さまは、おんみずから景虎に頭は下げられぬと申されて、越後行きを拒《こば》まれていたのでは」

信綱が首をかしげた。

「管領さまは、景虎の人物を心から信用することができぬと恐れておられたのよ。だが、景虎どのがまこと、信ずるに足る人物であることは、わしがこの目でたしかめてきた。管領さまはわしが説得する。そなたは景虎どのに会い、管領さまの越後下向《げこう》の地ならしをしてきてくれ」

「しかし、なにゆえいま、管領さまの越後行きを急がれます」

「みなの心を、ひとつにまとめねばならぬ」

業政は言った。

「人はたしかに、利欲に心を動かされるものだ。かく言うわしも、おなごの色香に迷うことがある」

「殿……」

「しかし、人というものは、ときに利欲を越えた大義に命を賭《か》けることがある」

「その大義が、管領さまで」

「そうだ」

「とはいえ、関東管領上杉憲政さまは北条氏の圧迫に耐えかね、上野の地侍《じざむらい》たちを見捨てる形で葉留日野ノ里へ逃げ去ったお方。そのような旗じるしのもとに、いまさら地侍たちがひとつにまとまりましょうか」

「さればこそ、越後の景虎どのに、憲政さまを庇護《ひご》していただくのよ。武田晴信と互角の力を持つ長尾景虎どのの後《うし》ろ楯《だて》があれば、みなもいずれは、管領さまの号令によって、景虎どのが関八州《かんはっしゅう》へ軍勢をすすめると望みを抱くにちがいない。たとえ一条の光でも、先に望みを見いだすことで、逆境に耐える力はよみがえる」

「まこと、仰せのとおりでございますな」

信綱が、得心がいったというようにうなずいた。

上泉信綱は業政の書状をたずさえ、越後へ向けてひそかに旅立った。

その一方、業政は葉留日野ノ里へ、おのが名代として一ノ執権の藤井《ふじい》豊後守《ぶんごのかみ》を遣わし、越後下向を説かしめた。

説得工作は、思いのほかうまくいった。葉留日野滞在が長引くにつれて、上杉憲政はしだいに困窮し、もはや権威だけでは飯が食えないことを、身に沁《し》みて感じはじめていた矢先だったからである。

上杉家再興のためには、なりふり構わず、強力な庇護者をもとめねばならぬ段階に来ていた。

「越後へまいる」

と、上杉憲政が最終的な決断を下したのは、上越国境の山並みに、初雪の便りがおとずれようとするころだった。

雪が積もれば峠は閉ざされ、越後へ行くことは困難になる。

憲政の下向を知った業政は、配下の箕輪衆を三十人あまり差し向け、道中の警固をさせることにした。

弘治三年、初冬——。

上杉憲政一行は、清水《しみず》峠越えで越後へ入った。

峠を越えた越後側のふもとで、坂戸《さかど》長尾家の家臣上田《うえだ》衆が一行を出迎え、魚沼街道を通って春日山城下へ向かった。

関東管領を迎える長尾景虎も、万全の準備をととのえている。

憲政のため、居城《きよじよう》の春日山城から半里離れた越後府中の地に、

——御館《おたて》
と呼ばれる居館《きよかん》を普請《ふしん》。

御館は東西三十五メートル、南北百五十メートルの敷地を有し、まわりに二重の土塁と水濠《みずぼり》をめぐらせている。関東管領の住まいにふさわしい、壮大な居館と言っていい。

まわりには、安国寺、国分寺、至徳寺《しとく》、府中八幡宮、居多《こた》神社など、数多くの寺社が甍《いらか》をならべており、目の前には北国船《ほっこくぶね》で賑《にぎ》わう直江津《なおえつ》の湊《みなと》をひかえていた。

「よきところじゃ。ここなれば、聞香《もんこう》に使う香木や、唐織《からおり》のたぐいも手に入る」

山里の寂しさに耐えがたい思いを抱いていた上杉憲政は、御館での新しい暮らしにおお

いに満足した。

年が明けた永禄元年（一五五八）正月、業政は箕輪城に西上野の地侍たちを呼び集めた。

正月のこととて酒を振る舞い、大きな餅《もち》を入れた雑煮《ぞうに》を供したあと、業政は、

「みな、よく聞け」

持ち前の大声で、広間じゅうに響き渡るように言った。

「関東管領上杉憲政さまが、このたび越後へご下向なされたこと、みなもすでに聞き及んでいよう」

業政は一同を見渡した。

「管領さまは、関八州を脅かす武田、北条を討ち払わんがため、近々、越後国主長尾景虎どのを関東へお遣わしになるご所存であるという」

「おう、長尾が……」

「それはまことにござるかやッ、業政どの」

酒に酔った男たちのあいだから、口々に声が上がった。

「まことも、まことじゃ」

業政は大きくうなずいた。

「それゆえ、長尾景虎どのがご出馬なされるまで、関東の孤塁《こるい》はわれら西上野の衆の力で守らねばならぬ。むろん、厳しい戦いになろう。しかし、大義はわれらにこそあり。武田、

北条の輩《やから》を恐れ、大義を捨てる者は、いますぐここから立ち去るがよい。われと戦う者は、残ってくれ」

一座が静まり返った。

時が経《た》っても、席を立つ者はひとりもいなかった。

五

箕輪城で、西上野一揆衆が再結束を誓い合った三日後――。

人目をはばかるようにして、八女宇多《うた》の夫羽尾修理亮が業政のもとをたずねてきた。

「お許し下されッ、義父上」

修理亮は長野業政の前にがばりと両手をついた。

豪傑肌で、日ごろ、人に頭など下げたことのない男である。

業政はめずらしいものでも見るように、

「いかがした」

火鉢で手をあぶりながら、おだやかな口調で聞いた。

「つくづく、わが身が恥ずかしゅうござる。義父上に合わせる顔もござらぬ」

「何があったと聞いている」

「義父上もとうに、お聞きおよびでござろう。それがしが、海野一族の縁につらなる真田の口車に乗り、武田方に寝返ったとの噂が流れたこと」

「さあて、どうであったかのう」

業政はとぼけてみせた。

「榛名神社の神に誓って申し上げる。それがしは、義父上はもとより、志を同じうする西上野の衆を裏切るつもりは毛頭ござらぬ。海野一族といっても、真田幸隆は義父上の恩義を受けながら、それを後足で砂をかけるごとく去っていったような男。さような者の誘いに、それがしがうかうかと乗るはずがござらぬ」

「ならば、なにゆえおのが身を恥じる」

「それは……」

「わしはおぬしを責めているのではない。人はもともと、利に弱いものじゃ。真田はおぬしに、西上野が武田のものとなったあかつきには、本領安堵に加え、新領でもくれてやろうと言ってきたか」

「………」

羽尾修理亮が武骨な顔を赤黒く染めて黙り込んだ。

どうやら、図星だったとみえる。

「たとえいっときでも、真田の囁《ささや》きに心が揺れ動いたおのれが口惜しゅうござる。みな坂《ばん》東《どう》武者の誇りを守らんがため、心をひとつにしておると申すに……。卑しき心根を宇多に見透かされ、義父上のもとへ行って申しひらきをしてまいれと、尻《しり》をたたかれましてございます」

「そうか、宇多がな」

業政は真っ赤におきた火鉢の炭に目を落とした。

「真田はつなぎに女を使ってきたであろう」

「よくご存じで」

「風花という、妙齢《みょうれい》の美女ではないか」

「さようにござる。昨年の秋、胃の腑の病で万座《まんざ》ノ湯へ湯治に出向きましたおり、そのような名の女が近づいてまいりました」

「寝たのか」

「滅相《めっそう》もない。それがしには、宇多がおりますゆえ」

「舅《しゅうと》のわしに気を遣うことはないぞ。惚《ほ》れた女房どのがいても、あの者の色香に迷わぬ男はおらぬであろう」

「されば、義父上も……」

羽尾修理亮がきな臭い顔をした。

「ところでそなた、国峯城の小幡景定と親しいそうだな」

業政は話題を変えた。

「おりおり、誘いあって鷹狩にまいりますゆえ」

「じつは、景定にも武田方への内応の噂がある」

「は……」

心当たりがあるのか、修理亮にはさほど驚いたようすがない。

「婿どのは存じておったのか」

「いささか」

「下仁田の町はずれに女を囲っておるそうだな。湛光風車の調べでは、その女が……」

「風花と同じく、武田の息のかかった女でござろう」

「うむ」

「景定は、それがしや義父上とちがい、気の弱い男でございますからな。深間にはまった女から脅されすかされ、もはやあとへは引くに引けなくなったのではあるまいかと思われまする」

「そのようなことであろうと、わしも思うていた」

「いかがなされるおつもりです。お斬りになられますか」

羽尾修理亮は、たったいままでおのが身を恥じていたことも忘れたようすで、双眸《そうぼう》に怒気を含んだ光をみなぎらせた。

「斬るとは、女をか」

「さよう」

「女を斬ったとて、景定の心までは斬れまい。わしにとっては景定も、大事な娘の婿のひとりだ」

「されば……」

「ここは、景定と気心の知れたおぬしにまかせるとしよう。舅のわしが口出ししては、いろいろと面倒なことになりかねぬ」

「義父上の仰せとあらば、喜んで」

「頼りにしておるぞ」

業政は羽尾修理亮に酒と肴《さかな》を振る舞い、越後の長尾景虎から届いた鮭《さけ》の塩引などの手土産を持たせて羽根尾城へ帰した。

修理亮のごとき根が単純な男は、持ち前の義侠心《ぎきょうしん》を巧みに刺激し、

(調子に乗せるにかぎる……)

業政は思った。

小幡景定のもとへ嫁いでいる二女の奈津が箕輪城に顔を出したのは、それから半月ほど経ってからだった。

やつれていた頬《ほお》に、つややかな血色がもどっている。

「どうした、奈津」

「女狐《めぎつね》が退散いたしました」

「ほう、女狐」

「例の下仁田の女でございます」

勝ち誇った表情で、奈津が言った。

「わが夫を諭すため、羽尾修理亮どのをお遣わし下されたのは父上でござりましょう」

「して、首尾はいかがであった」

「羽尾どのから説得を受けるより早く、女は下仁田の隠れ家から行方をくらましていたそうにございます」

「どういうことだ」

業政は眉をひそめた。

「どうもこうもありませぬ。化けの皮が剝《は》がれるのを恐れ、みずから姿を消したに相違ありませぬ」

「ふむ……」

「ともあれ、女に逃げられて、わが夫もようやく目が醒《さ》めたようす。まだ腑抜けのようになっておりまするが、得体の知れぬ女に手を出せばどうなるか、少しは懲《こ》りたことでありましょう」

「なかなか、男は懲りぬものじゃ」

「何か仰せられましたか」

「いや、こちらのことよ」

業政は内輪の騒動が穏便におさまったことに、ひとまず胸を撫で下ろした。

しかし、

（武田の女素ッ破め。なにゆえ突然、姿を消した……）

業政にとっては、そのことのほうが気にかかる。

（何ごとか、甲斐《かい》で大きな動きが起きる前触れか）

業政の直感は当たっていた。

越後の長尾景虎と領有権を争う北信濃を占領すべく、武田晴信が大がかりな出陣準備をはじめたのである。

奇襲

一

武田《たけだ》晴信《はるのぶ》が甲斐《かい》府中を進発したのは、二月初旬。

重畳《ちょうじょう》とつらなる八ヶ岳や駒ヶ岳が、いまだ深々と残雪におおわれている季節である。

――風林火山
の旗をたなびかせた武田軍一万五千は、八ヶ岳のふもとを走る、上《かみ》、中、下の三本の棒道《みち》を通って諏訪にいたり、さらに和田峠越えで塩田平《しおだだいら》に出た。

塩田平では、真田《さなだ》幸隆《ゆきたか》をはじめとする信濃先方衆《さきかたしゅう》が晴信を出迎えた。

「このたびの出陣は、高坂昌信《こうさかまさのぶ》の海津《かいづ》築城を助け、北信濃で長尾《ながお》方の諸城をひとつでも多く攻め取らんがためじゃ。城を落とさぬ以上、兵を引くことはないと思えッ!」

三十七歳の男ざかりの面貌《めんぼう》に、晴信は決意をみなぎらせた。

「真田弾正忠《だんじょうのちゅう》」

「はッ」

名を呼ばれ、真田幸隆が晴信の前にひざまずいた。

「そのほう、信濃先方衆をひきいて一足先に海津城へ向かえ」

「承知ッ。長尾勢が押し出して来たれば、この身を張って敵を防ぎまする」

戦場灼《や》けした頬《ほお》に野太い笑いを刻むと、真田幸隆は晴信に一礼して、塩田平の本陣をあとにした。


武田軍北上の知らせは、信濃方面に放っていた草《くさ》ノ者《もの》によって、箕輪《みのわ》城の長野業政《ながのなりまさ》のもとへもたらされた。

「晴信め、まずは北信濃の支配権を固めておこうという肚《はら》か」

この時期、業政は武田の一挙一動に神経を研ぎすませている。

「武田が動けば、越後の長尾景虎《ながおかげとら》が黙ってはおりますまい。ともあれ当分のあいだ、武田晴信の目は、この上野《こうずけ》ではなく、北信濃にそそがれておりまするな」

一ノ執権の藤井豊後守《ふじいぶんごのかみ》が、頬骨の突き出た顔に安堵《あんど》の表情を浮かべた。

「これで一息つこうなどとは、夢にも思うな」

業政の声は厳しい。

「長尾どのは、先年の武田軍上州入りのさい、信濃川中島《かわなかじま》へみずから出陣なされ、われらを背後から援護して下された。その恩義を、今度はわれらが返す番よ」

「どういうことでございます」

豊後守が首をかしげた。

「われに策あり」

業政は言った。

「先般、われら西上野一揆衆《いっきしゅう》の離間《りかん》をはかった真田弾正忠は、こたびの遠征では武田勢の先鋒《せんぽう》を申しつけられたと聞く。となれば、かの者の本拠地、真田郷は守備が手薄になっていよう」

「留守を襲うのでございますな」

「一方的にやられてばかりではつまらぬ。この隙《すき》に、城を乗っ取ってくれようぞ」

「それはまた愉快な」

「幸隆の驚き慌《あわ》てた顔が目に見えるようじゃ」

業政は声をたてて笑った。

世に、

――上州気質

というものがある。

何はともあれ前へ前へ、一歩でも二歩でも先に進み出ようとするのが上州の男たちである。

ただおとなしく城に閉じこもり、何もせず嵐が過ぎ去るのを待っているような気風は、この土地にはない。

まず、自分が動く。それによって運命を切り拓《ひら》く。

業政はまさしく、進取の気性に富んだ上州人そのものである。

「さりながら、殿。真田郷へ抜ける鳥居《とりい》峠は、まだ深い根雪におおわれておりましょう」

「知恵を使うのだ、豊後」

業政は、おのが白髪《しらが》まじりの頭を指さしてみせた。

「百姓を動員し、大カンジキを履《は》いた者を先頭に二人並べて、雪を踏み固めさせる。疲れたら後ろの者に交替し、それを次々と繰り返して峠に道を作るのじゃ」

「はあ……」

「敵はよもや、雪の降り積もった鳥居峠を越えて軍勢が来襲するとは思っていまい。そこが付け目よ」

「真田の兵どもは大混乱におちいりましょうな」

「真田本城はもとより、そのまま先へ進んで砥石《といし》城をも奪取してくれよう」

業政は目に生き生きとした色を浮かべ、

「指揮は上泉信綱《かみいずみのぶつな》にとらせるとしよう。そなたは近在の村々に触れを出し、野良《のら》仕事で鍛えた屈強そうな若者を呼び集めてくれ」

と、藤井豊後守にてきぱきと指示を下した。

「殿はいかがなされます」

「わしか」

「はい」

「むろん、わしも乗り込む。城を乗っ取ったあかつきに、真田の奥方や子らに狼藉《ろうぜき》を加えぬよう、兵たちを押さえねばならぬでな」

「されば、箕輪城の留守居は」

「そなたにまかせる。わしが不在のあいだ、北条方に背後を衝《つ》かれることのなきよう、しっかりと目を光らせておけ」

「承知つかまつりました」

藤井豊後守が頭を下げた。

極秘裡《ごくひり》に準備が進められた。真田の草ノ者に、奇襲の動きを気《け》どられてはならない。

上州の野に、冷たいからっ風が吹きすさぶ早朝――。

業政は手勢一千人をひきいて、箕輪城を発した。すでに前夜のうちに、上泉信綱の隊を先行させている。

長野勢は榛名山《はるなさん》の南麓《なんろく》をまわり込むようにすすみ、西側の山裾《やますそ》にある大戸《おおど》の集落で、同地の領主大戸左近兵衛《さこんびょうえ》の手勢二百と合流した。

大戸左近兵衛は箕輪衆のひとりで、業政の五女波留《はる》を妻にしている。

「真田めに一泡《ひとあわ》吹かせてくれましょうぞ」

御幣《ごへい》の前立兜《かぶと》に黒糸威《くろいとおどし》の具足《ぐそく》をまとった筋骨隆々たる左近兵衛が、大きな金壺眼《かなつぼまなこ》をギラギラ光らせながら言った。

大戸を発した軍勢は、途中、須賀尾《すがお》峠を越え、吾妻《あがつま》川ぞいの道を進んだ。山の谷あいには、残雪があちこちに積もり、兵たちの吐《は》く白い息が霧のように、早春の空に立ちのぼってゆく。

その夜——。

業政は羽尾《はねお》修理亮《しゅりのすけ》の羽根尾《はねお》城で一泊した。二ノ丸の一室で眠りについていると、

「殿」

と、板戸の向こうで低く押し殺した声がした。

「信綱か」

「はッ」

声のぬしは、先発隊をひきいて、鳥居峠のふもとの大笹《おおざさ》村にいるはずの上泉信綱であった。

業政はただならぬ予感をおぼえ、綿入れの掻巻《かいまき》を撥《は》ねのけて、がばりと身を起こした。

「いまごろ、いかがした」

「入ってもよろしゅうございますか」

「かまわぬ」

板戸をあけ、小具足姿の上泉信綱が部屋に入ってきた。

「何かあったか」

「武田勢が国ざかいを越え、上野へ乱入しましてございます」

「何だと……」

業政は耳を疑った。

「くわしく申せッ」

「はッ」

信綱が膝《ひざ》を進めた。

二

上泉信綱の話によれば——。
信濃塩田平に達していた武田晴信が、突如、西から東へ方向を転じ、国ざかいの碓氷《うすい》峠を越えて上州へ侵攻してきたという。

「信濃の川中島平《だいら》へ向かったのではなかったのか」

長野業政はうめいた。

「武田軍のうち、真田幸隆ら信濃先方衆は、そのまま築城中の信濃海津の地へ向かったようにございます。さりながら、武田晴信ひきいる本隊一万五千は、峠の雪を踏み固めて碓氷越えを敢行したとのこと」

「どうやら、晴信もわしも、考えることは同じであったようじゃな」

膝頭《ひざがしら》をぱんと音が出るほど強くたたき、業政は暗闇《くらやみ》を睨《にら》んだ。

おそらく、武田晴信は業政ら箕輪衆を油断させるのが目的で、北信濃へ出陣するかのごとく見せかけたのであろう。

相手の虚をつくための陽動作戦――すなわち、偽計《ぎけい》である。

「敵の狙《ねら》いは、最初から上州攻略にあったのだ。裏をかいたつもりが、逆にこちらが罠《わな》にかかったとは……。さすがは武田晴信、やるものよのう」

「敵勢の道すじにあたる松井田《まついだ》城、安中《あんなか》城が危のうございます。ただちに、軍勢を返されますするか」

信綱の言葉に、

「いや、待て。このような時こそ、落ち着きが肝要だ」

業政は寝床の上にあぐらをかき、腕組みをして考え込んだ。

しばらく黙っていたが、やがて、

「誰かある」

と小姓《こしょう》を呼び、差図《さしず》（地図）を持ってくるよう命じた。

業政は小姓が持ってきた上野、信濃一帯の差図を、上泉信綱とのあいだに広げた。手燭《てしょく》を近づけ、差図を照らす。

「よいか。いま、われらはここにいる」

手にした白扇《はくせん》の先で、業政は差図に書かれた吾妻郡の羽根尾城をしめした。

「ここから来た道をとって返し、箕輪城へもどることはできる」

「夜明けとともに羽根尾を発して、急ぎに急げば、明日の夕刻には箕輪にたどり着いておりまするな」

「そのとおりだ」

業政はうなずき、

「それからでも、敵の来襲にそなえることは十分にできよう。しかし、それではおもしろくない」

唇《くちびる》を不敵にゆがめた。

「ほかに手はございますか」

「ある」

「それは、どのような」

「敵はわれらの裏をかいた。されば、いまひとつ、裏の裏をかいて、奇襲を仕掛けるのはどうじゃ」

「さようなことができましょうか」

上泉信綱が首をひねった。

「敵は一万五千の大軍にございます。それに引きかえ、われらの手勢はわずかに一千余。いささか、無謀すぎる策では……」

「と、思うか」

「恐れながら」

「誰もがよもやと思うからこそ、敵の意表を衝くことができるのよ。武田晴信の軍勢は、いまどのあたりにおる」

「碓氷峠を越え、坂本《さかもと》の地に陣を張っているとのこと」

「となれば、明日には東山道《とうさんどう》（中山道）をすすみ、松井田に達しておろう」

「さようにございますな」

「松井田城を守る安中忠成の父忠政《ただまさ》は、上州でも聞こえた名うての剛《ごう》の者よ。いかな武田晴信とて、城攻めに手を焼くは必定。そのあいだ、武田軍は松井田城の近くに野陣を張ることになる」

業政は差図に瞳をすえ、

「そこを襲うのよ」

声を高ぶらせて言った。

「さりながら、奇襲をかけるといっても、われらが武田軍に迫るには、山並みをいくつも越えてゆかねばなりませぬ。そのあいだに、敵方の放った斥候《せっこう》に気づかれては、元も子もないのでは」

信綱が懸念《けねん》を口にした。

「なに、案ずるにはおよばぬ。差図をよく見よ」

「は……」

「武田軍に、最短距離で近づく道があるではないか」

業政は白扇を羽根尾城から南へまっすぐにすべらせた。

「この道は……」

上泉信綱が、差図を食い入るように見つめた。

「羽根尾より南下すれば、浅間《あさま》山の東麓《とうろく》に出る」

「浅間越えの道にございますな」

「ここを越えれば、信濃国長倉郷《ながくらごう》（現、長野県北佐久郡軽井沢町）よ。上州にいたる碓氷峠は、すぐ目の前だ」

「たしかに……」

「峠道は、すでに武田軍がしっかりと雪を踏み固めておいてくれよう。ここを越えて、敵の背後にまわるはたやすい」

どうだといったように、業政は目の奥を底光りさせた。

「敵地の信濃側から、奇襲をかけるとは……。さすがの武田晴信も、予想だにしておりますまい」

信綱がうなった。

「これならば、完全に敵の裏がかける。ただひとつの心配は、浅間越えの雪の深さじゃ。晴れてさえいれば、カンジキ隊を先行させて、どうにか山を越えることができようが、雪が降りだすようなことがあれば、もはや人の力ではどうにもならぬ」

「運を天にまかせるのでございますな」

「いくさは博奕《ばくち》じゃ」

業政は太く笑った。

「博奕のできぬ者に勝利はない。われらのごとき弱小集団が、武田ほどの大勢力に対抗するには、一か八かの勝負に賭けるしかあるまい。これぞ、天下一の大博奕にほかなるまいて」

「われらが命、殿におあずけ申します」

「よう言うてくれた」

上泉信綱の肩を大きな手でたたいて、業政は立ち上がった。

「すぐに出立《しゅったつ》の準備をはじめる」

「はッ」

「羽尾修理亮にそう申して、城内の米蔵をあけさせよ。大釜で炊《た》き出しをおこない、握り飯を作って、兵どもに腹一杯食わせるのじゃ」

「承知」

「それと、唐辛子《とうがらし》を用意させよ」

「何にお使いになるので」

「道中、手足が凍傷《とうしょう》にならぬよう、兵たちの指先にたっぷりと塗りつけさせるのだ」

業政は矢継ぎばやに命を下した。

兵たちがたたき起こされ、慌《あわただ》しく出陣準備がはじまった。

支度がととのったのは、寅《とら》ノ刻《こく》（午前四時）――。

男たちの吐《は》く息が白く凍えて立ちのぼり、びりびりとした緊張感が、暁闇《ぎょうあん》のしじまにただよう。

その静寂に、

「ものども、出陣じゃーッ！」

業政は腹の底から声を発した。

雪におおわれた浅間山を越える、決死の行軍がはじまった。

三

羽根尾城を出た長野業政ひきいる一千余の兵は、浅間山の東麓へ向かう道を南へすすんだ。

武田方に動きを気《け》どられてはならない。沈黙につつまれた進軍である。

兵たちの息づかいと、草摺《くさずり》の音だけが、夜明け前の冷たい闇に響きわたる。

狩宿《かりやど》の集落まで来たとき、東の空がようやくほのぼのと明けはじめた。空が明るむと、長く裾を引く秀麗な山容が行く手に見えてくる。

――浅間山
である。

上野国と信濃国の境に聳《そび》え立つ浅間山は、標高二千五百六十八メートル。つねに噴煙をたなびかせる活火山である。

この山の噴火の初見は、すでに『日本書紀』にあり、

——灰、信濃国に零《ふ》り、草木皆枯る。

と、しるされている。

以来、大小の噴火をたびたび繰り返している。広大な裾野は高原の様相を呈しており、かつて鎌倉将軍源頼朝《みなもとのよりとも》も、この地で大規模な巻狩りをおこなった。

(空模様は……)

業政が見上げると、雪におおわれた山頂付近に少し雲がかかってはいるが、まずまず、大崩れするというほどではない。

(これなら、何とかなりそうだ)

ひとまず安堵はしたが、山の天気ほど変わりやすいものはない。

(一刻《いっこく》も早く、長倉郷へ抜けてしまうことだ……)

業政は進軍に先立って、上泉信綱ひきいるカンジキ隊を、浅間山の東麓越えの道に先行させていた。

春先の雪は引き締まっているため、カンジキで踏みかためるのも比較的容易な作業である。業政の本隊が山のふもとに差しかかると、そこはすでに馬ワラジをつけた騎馬《きば》や徒歩での通行が可能になっており、さほどの苦もなく道をすすむことができた。

ただし、寒い。

防寒のため、業政はあらかじめ兵たちの手足に唐辛子を擦り込ませていたが、それでも雪のなかを長時間歩いていると、指先の感覚がなくなってくる。

「歩け、歩け。体を動かせば、そのぶんだけ手足もぬくもる。長倉へ着いたら、酒でも、熱い煮込み饂飩《うどん》でも、たらふく食わせてやろうぞ」

業政は持ち前の大声を張り上げ、兵たちを励ました。

やがて、雪が深くなり、馬で先へすすむことが困難になってきた。

騎馬の侍は馬を下り、手綱《たづな》を曳《ひ》いて山道をのぼった。業政も、雪沓《ゆきぐつ》を履いた徒士《かち》の者たちにまじって馬を曳く。

鍛練を積んでいるとはいえ、齢《よわい》六十を数える身に、雪中の行軍はさすがにこたえた。

だが、弱音を吐くわけにはいかない。

（わしが守らずして、誰が上州侍の誇りを守る。田畑や民の暮らしを守る。待っておれよ、武田晴信……）

老いの執念が業政をささえている。

国ざかいの峠まであと一里というあたりで、一隊は短い休息をとった。

竹筒の水で喉《のど》をしめらせていた業政のところへ、

「殿さま」

と、小腰をかがめて近づいてきた者がいる。

日ごろから業政がかわいがっている、近習《きんじゅ》の岩下加兵衛《いわしたかべえ》であった。

首太く、武張《ぶば》った風貌《ふうぼう》の多い上州の男たちのなかにあって、白い肌を通して血の色が透けて見えるような、繊細でやさしげな顔立ちをしている。

だが、見かけに似合わず、上泉信綱から学んだ刀術の腕前はなかなかのもので、つねに一番首を狙って全軍の先陣を駈《か》けるような気の強さを持っていた。

その加兵衛の表情が、いつになくこわばっている。

「いかがした、加兵衛。そなた、信綱とともに、カンジキ隊の指揮にあたっていたのではなかったのか」

業政は聞いた。

「は……。いささか気になることがあり、それがしだけ道を引き返してまいりました」

「気になること？」

「はい」

「何だ」

「浅間の峰に、笠のごとき雲がかかっております」

「そうじゃな。わしも今朝《けさ》方から、気づいておった。だが、あの雲がいかがした」

「じつは」

岩下加兵衛が雪の上についた片膝をすすめた。

「浅間の峰にあのような笠雲がかかると、空模様がにわかに変わって大荒れになると、このあたりでは古くより言い伝えられております。それがどうにも気になってならず、殿さまにひとことご注進をと……」

「そなた、たしか狩宿の出であったな」

「はい」

「ならば、山のことにもくわしかろう」

竹筒の栓をしめると、業政はあらためて空を見上げた。

浅間山にかかっていた笠雲は、すでに形が崩れている。だが、その代わりに、空全体をおおうように鉛色の薄雲が湧《わ》きだし、それが陽《ひ》の光をさえぎって低く垂れ込めはじめていた。

冷え込みも、さきほどよりずんと厳しくなっている。

「このぶんでは、じきに雪が降ってまいりましょう」

岩下加兵衛が言った。

「そのようじゃな」

「いかがなされます、殿さま。このまま行軍をおつづけなされますか。それとも……」

「兵どもの身の安全を考えれば、羽根尾へ引き返すのが利口というものであろう。吹雪に巻き込まれれば、道に迷って全滅ということもある」

「はッ」

「だが、それでは、せっかくの奇襲の策が後手にまわろう」

業政は苦悩の表情を浮かべ、

「加兵衛、わしはいまから悪鬼になるぞ」

と、意を決したように言った。

「殿さまが鬼に……」

「そうじゃ。無理を承知で、浅間越えをつづける。一千余の兵が八百になり、五百になっても、山を越えて武田と戦う。それが、上州武士の意地じゃ」

業政は雪沓の底で、道のわきの雪をトンと踏んで立ち上がると、

「者ども、出立だーッ！」

全軍に号令をかけた。

やがて——。

岩下加兵衛が言っていたとおり、天候が急変してきた。

重く垂れ込めた空から、ちらほらと雪が舞いだし、山道を歩く兵たちの頭に、肩に、音もなく降り積もってゆく。

峠に近づくほどに、風も出てきた。横なぐりに吹きつける風は、突風といっていい。

雪まじりの風は、兵たちの体から容赦なく熱を奪った。

「みな、身を寄せ合えッ！一塊になって風を防げッ！」

業政の叫びは、風の音にむなしくかき消される。

本降りになった雪で視界が真っ白になり、もはや一寸先の道を見定めることさえ困難になった。

四

風はますます強くなっている。

兵たちは兜も具足も風雪で凍りつき、ひとり、またひとりと、隊列から遅れはじめる者がでてきた。

（やはり、強行突破は無理であったか……）

業政は唇を嚙《か》んだ。

上州武士の意地と吠《ほ》えてはみたが、意地だけではどうにもならぬものがあることを、業政は身に沁《し》みて思い知らされた。

人はしょせん、天に逆らうことはできない。

だが、業政には天に逆らっても守りたい大事なものがあった。

（天よ……）

業政は胸のうちで叫んだ。

（わしが行かねば、西上野の地は武田の大軍に踏み荒らされる。天よ、心あらば風を鎮めよ、雪を降り止めさせたまえッ！）

心から祈った。

願いが叶《かな》うなら、いまここで、おのが命を投げ出してもよいと思った。

しかし、自然は無情である。

風雪はおさまるどころか、かえって猛吹雪《ふぶき》となり、上州勢を飲み込んでいった。

「休むな！ 歩け、歩けッ！」

業政は叱咤《しった》するが、どうかするとおのれ自身、ふっと意識が遠のきそうになる。

そのときである。

「殿ーッ！」

かなたから、吹きつける雪つぶてをかいくぐって、業政のもとへ駈け寄ってくる者があった。

先行するカンジキ隊の指揮をとっていた上泉信綱だった。すぐ後ろに、岩下加兵衛もいる。

「殿、大事ございませぬか」

全身雪まみれだが、信綱の声はしっかりしている。

「どうした、信綱。先発隊に何かあったか」

「いいえ。難儀いたしましたが、カンジキ隊は先刻《せんこく》、国ざかいの峠近くに到達しましてございます」

「そうか」

「さりながら、みな体力を消耗いたしておりますゆえ、これにおる岩下加兵衛の進言で、岩陰に雪洞《ゆきんどう》を作り、風を避けさせております」

「雪洞じゃと」

「はい」

岩下加兵衛がすすみ出た。

「このまま進軍をつづけるのは危のうございます、殿さま。先を急《せ》くお心はわかりますが、殿さまの御身に何かあったら、武田勢を撃ち払うこともかないますまい」

「わしの身のことなど、どうでもよいわ。だが……」

業政は吹雪のなかで立ち往生している兵たちを振り返った。

加兵衛の言うとおり、これ以上の進軍は無理だった。へたをすれば道を失って、全滅ということにもなりかねない。

初志をつらぬくことも大事だが、いざとなれば、意地をさらりと捨て、最善の方向性を模索する思考の柔軟さ、いさぎよさも、集団をひきいる大将が身にそなえねばならぬ条件である。

「その雪洞とやらの作り方、そなたは存じておるのじゃな」

「はい。幼きころ、村の仲間と雪洞を作って遊んでおりましたれば」

岩下加兵衛が言った。

「よし」

業政は決断した。

「信綱、全軍に伝えよ。われらはいったん行軍を中止し、この場で天候が回復するのを待つこととする」

「はッ」

「加兵衛、そなたは物頭《ものがしら》どものあいだをまわって、雪洞作りを差図してまいれ」

「承知つかまつりました」

岩下加兵衛が頭を下げ、雪のなかを跳ねるように駈けだしていった。

即刻、加兵衛の指揮で雪洞作りがはじまった。

兵たちはそれぞれ五人ほどの組に分かれ、まずは積もった雪を掘って、人が幾人も入れるほどの大きな穴を作る。そののち、穴のまわりに雪の塊を積み上げ、こんもりと屋根の円い室《むろ》を形作っていく。

雪国の童たちが、小正月の遊びなどに使う、

――かまくら

というものである。

入り口を作り、なかに入って数人が肩を寄せあえば、風と寒さをどうにか耐えしのぐことができる。

業政も雪洞にもぐり込み、雪が小止《こや》みになるのを待った。

午後——。

風と雪が、嘘《うそ》のようにおさまった。

「それッ、行くぞ」

待ち兼ねたように、業政と兵たちは雪洞を次々と這《は》い出し、ふたたび浅間越えの行軍を開始した。

国ざかいを越え、信濃国長倉郷にたどり着いたのは、その日、夕刻のことである。

浅間山中とちがい、長倉郷にはほとんど雪がない。

一息つく暇もなく、

「兵の損失を調べさせよッ」

業政は物頭たちに命じた。

すると、羽根尾城を出立したときは一千余人いた兵のうち、二十数人が行方不明になっていることがわかった。吹雪にまかれて道を失ったか、寒さに耐え切れず行き倒れになったのだろう。

できることなら探してやりたいが、いまは一刻を争う。

「しばし休息をとる。腹を満たし、体を暖めたらすぐに出立だ。今夜のうちに、碓氷峠越えで松井田へ向かうぞ」

のんびりと疲れを癒やしている余裕はない。

こちらの行動を敵に気づかれたら終わりである。

カラマツ林のなかで、兵たちは焚《た》き火をたき、担いできた鉄の大鍋でおっきりこみを作って腹ごしらえをした。大鍋のなかには、体を温める効果のある生姜《しょうが》と唐辛子をたっぷり入れるのを忘れない。

業政は、焚き火にあたりながら、二刻《とき》（四時間）近く仮眠をとった。

業政は、むくりと起き上がった。

近習に命じて太鼓を打ち鳴らさせた。

太鼓は出立の合図である。甲冑《かっちゅう》をつけたままの将兵が、眠い目をこすって準備をととのえた。

「者ども、進軍ぞーッ！」

業政は声を張り上げた。

むろん、疲れてはいる。何といっても、老いの身である。雪中の行軍がこたえないといったら嘘になる。

だが、胸の奥に燃える熱い思いが、業政に疲労することを許さない。

闇《やみ》のなか、上州勢は黙々と碓氷峠をめざした。

碓氷峠の雪は、一足先に峠越えした武田軍がしっかりと踏み固めているため、足をとられる気遣いはない。

思いのほか、行軍は順調にすすんだ。

峠に着く少し手前で、

「松明《たいまつ》を消せッ」

業政は全軍に伝令を送った。

武田軍に、松明の火が見つかるのを防ぐためである。

碓氷峠に着くと、先に上野入りしていた斥候が、情報を持って業政のもとへ駈けもどってきた。

五

「武田勢は、松井田城を攻めあぐねております。城主の安中忠政どのは、貝のごとく城門を閉ざし、一兵たりとも敵を城内へ踏み入れさせておりませぬッ！」

喉も裂けよと斥候が叫んだ。

「忠政め、よう踏ん張っておるわ」

業政は小躍りした。

「して、武田晴信はいずこに」

「日没後は城から兵を引き、松井田西方の丘陵《きゅうりょう》に陣取って野営をいたしております」

「われらの動き、敵に気づかれておらぬであろうな」

「いまのところ、さような気配は見えませぬ」

「よし」

雪中の行軍で芯《しん》まで冷えきっていた業政の身のうちに、ふつふつと生気がよみがえってきた。

「みな、めざすは松井田の武田陣ぞッ！」

業政は兵たちを叱咤した。

長野勢は碓氷峠を駈けるようにして下り、東山道を東へすすんだ。

やがて──。

明け方近く、丘の上に散らばる武田陣の篝火《かがりび》が、業政の視界に飛び込んできた。

ふたたび斥候を放ち、詳細な構えを調べてみると、大将の武田晴信は西から東へのびた尾根上に本陣を置いている。軍勢は、松井田城に近い丘のふもとに五段に分かれて展開していた。

武田勢の主力は、東から来襲するであろう上州勢の後詰《ごづめ》にそなえ、東山道をふさぐように陣を張り出している。

よもや業政たちが、自分たちの背後の碓氷峠側から進軍して来ようとは、

（さすがの武田晴信も、予想だにしておるまいて……）

業政は胸のうちでニヤリとした。

「やはり、敵はわれらの動きにまるで感づいておらぬようでございますな」

業政と肩を並べて武田陣の篝火を見上げ、上泉信綱が言った。

「奇襲をかけるには、まさしく千載一遇《せんざいいちぐう》の好機」

「晴信の首が獲《と》れるやもしれぬぞ、信綱」

「むろん、それを狙っております」

「首を獲ったら、そなたに甲斐一国をくれてやろう」

「豪儀な話にございますな」

上泉信綱が笑った。

「わしは上州の所領と、そこに暮らす民の安寧《あんねい》以外に欲しいものはない。このいくさに勝ったら、銭でも酒でも飯でも、みなに大盤振る舞いじゃ」

業政の双眸《そうぼう》が、

——爛《らん》

と光った。

業政は、先鋒を上泉信綱に命じた。

剣の達人である信綱の麾下《きか》には、剣技にすぐれた一騎当千《いっきとうせん》のつわものが多い。夜襲の先鋒をまかせるにはうってつけである。斬《き》って斬って斬りまくり、武田陣を混乱に陥れてくれるだろう。

闇のなかでの同士討ちを避けるため、業政は味方の兵たちの具足の袖《そで》に、白布の目じるしをつけさせた。

まだ日の出前の暁闇にまぎれ、上泉隊が月明かりだけを頼りに、九十九《つくも》川の流れを押し渡った。

川の水は冷たい。

だが、臆《おく》する者や、弱音を吐く者は誰ひとりとしていない。

黙々と川を渡りきった一隊は、丘陵の斜面をのぼっていく。尾根筋から、武田本陣を急襲するためである。

やがて、上泉隊は尾根にたどり着いた。

あたりは熊笹につつまれている。

兵たちは身を低くし、尾根づたいに息をひそめながらすすんだ。

篝火に照らされた、武田菱の陣幕が行く手に見えてきたのは、熊笹の藪《やぶ》のなかを五町《ちょう》ほどすんだときである。

陣幕のうちには、

――風林火山
の軍旗も見える。

武田の本陣にちがいない。昨日の戦闘に疲れたのか、篝火のそばに見張りの兵が立っているほかは、陣中は死んだように寝静まっている。

「ものども、刀を抜けッ」

低く押し殺した声で、上泉信綱は部下たちに命じた。

抜き身の大刀《だいとう》を引っ提げた信綱を先頭に、

――わーッ！

と、喊声《かんせい》を上げつつ、上泉勢が武田陣へ斬り込んだ。

そのころ――。

業政ひきいる上州勢の本隊九百余も、九十九川を渡って丘を這いのぼっていた。こちらは、上泉隊がすすんだ西の尾根道とは別方向の、武田本陣がある丘陵の北斜面である。

かなたで湧き起こった喊声と、斬撃《ざんげき》の音を聞き、

(はじまりおったな……)

業政は斜面をのぼる足を早めた。

思いがけない夜襲で、敵陣は蜂《はち》の巣をつついたような大騒ぎになっているだろう。武田勢が一時の混乱から態勢を立て直す前に、

（すかさず、本隊をもって叩《たた》く）

それが、業政の狙いである。

「急げ、急げッ」

業政は声を張り上げた。

「上州は、われらが父祖の土地じゃ。甲州勢にこの土を踏み荒らさせてはならぬッ！」

その瞬間、業政の心と、上野の地で生まれ育った兵たちの心がひとつになった。

先鋒の上泉隊と呼応するように、

——おーッ！

と、地鳴りのごとき雄叫《おたけ》びが湧き起こる。

大刀二本を腰にさした侍たちが、斜面を猛然と駈け上がった。

山肌をおおう熊笹がちぎれ飛んだ。

時ならぬ物音に驚いたように、草むらに身をひそめていた鹿《しか》が跳び出していく。

敵本陣にたどり着く前に、上泉隊の急襲に驚いて丘を駈け下りだした武田の兵の一部が、業政の本隊と遭遇した。

たちまち、白兵戦《はくへいせん》になった。

天下に勇猛をうたわれる武田勢ではあるが、寝込みを襲われたため、戦いの気構えが十分にととのっていない。満を持して斬り込みをかけた業政の勢のほうが、最初から優位に立った。

そのうえ、闇のなかでの戦いで、恐慌におちいった武田勢は同士討ちまではじめる始末である。

あちこちで、
ガッ
と、斬撃の火花が飛び散った。

「晴信の本陣はいずこじゃッ！」

業政も兵たちにまじり、血刀を振るって戦場を駈けめぐった。

いずこからあらわれたとも知れぬ敵に、武田陣の指揮系統は完全に乱れている。敵将晴信を仕留めるなら、いまのうちである。

「敵は斬り捨てにせよッ。狙うは、武田晴信の首ひとつぞーッ！」

胸の鼓動が烈《はげ》しくなった。

上州の一土豪が、戦国最強の軍団をひきいる武田晴信を倒す。漢《おとこ》として、これほどの痛快事はない。

（どこだ、晴信……）

斬り裂かれて垂れ下がった武田の陣幕をまたぎ、本陣に足を踏み入れた業政の目の前に、

「ここから先は行かせませぬぞ」

と、小刀を逆手に構えて立ちはだかった者があった。

六

「風花《かざはな》か」

業政は凝然と相手を見つめた。

男のごとく小具足を身につけてはいるが、きらきらとよく光る目で業政を睨みすえているのは、武田の素《す》ッ破《ぱ》の風花にちがいない。

白兵戦で傷ついたのか、額に巻いた鉢巻《はちまき》が裂け、白い頰にうっすらと血が滲《にじ》んでいる。

「なぜ、かようなところにいる。ここは、おなごが足を踏み入れる場所ではない」

「晴信さまをお守りするのが、わたくしの役目。武田に仕えたときから、この身はおなごにあらず……」

「愚《おろ》か者ッ！」

わが娘を叱《しか》りつけるように、業政は思わず声を荒らげた。

「そなた、怪我《けが》をしておるではないか。いくさは男がするものぞ。刃物を捨てて、道をあけよ」

「通りたくば、わたくしを斬り殺して行くがよい」

「強情者めがッ！」

業政はずいと風花に近づいた。

腕をのばして肩をつかもうとすると、一瞬早く女は身をかわし、低く背中をたわめて小刀で斬りつけてくる。

腋《わき》の下を狙っている。

業政はぎりぎりで切っ先を見切り、後ろへ跳びすさった。が、運悪く、下がったところに松の根が盛り上がっていた。

業政は松の根に足を取られ、わずかに体勢をくずした。

その隙を見逃さず、

「死ぬがよいッ」

風花が眉《まゆ》を吊《つ》り上げ、小刀を振りかざして斬りかかってきた。

業政は慌てない。

籠手《こて》をつけた二の腕で、一撃を受け止めた。

——ガッ

と、腕に重い衝撃が走った。

風花はそのまま、体ごと刃物を押しつけてくる。

女の荒い息づかいが業政の頰にかかった。

下唇が破れそうなほど、強く歯を食いしばった必死の形相が、すぐ目の前にせまってくる。

「そなたほどの見目《みめ》よきおなごが……。なにゆえ、そうまでして武田のために戦わねばならぬ」

業政は言った。

「おまえには、かかわりなきこと」

「そうはいかぬ」

「なぜ」

「惚《ほ》れたからさ」

「何を、ばかな……」

真顔でささやいた業政のひとことに戸惑《とまど》ったか、女の力がゆるんだ。

刹那《せつな》、業政は相手の手首をつかみ、刀の柄《つか》で小刀をたたき落とした。

忍びの技を身につけてはいるが、そこは女である。老将とはいえ、膂力《りょりょく》では長年戦場で鍛え上げた業政にはかなわない。

あらがう間もなく、風花の小柄な体は草の上にねじ伏せられた。

「殺せッ！」

風花が叫んだ。

「騒ぐな」

業政が女を押さえつけたまま、あたりを見まわしたとき、

「殿ッ」

槍《やり》をかかえて駈け寄ってくる者があった。近習の岩下加兵衛である。

「いかがなされました。この者は……」

「とんだ拾いものよ」

「やッ、女でござらぬか」

加兵衛が目を剝《む》いた。

「ちょうどよかった。この者はそなたにまかせる」

「まかせると申されましても……」

「逃すでないぞ、よいな」

業政は岩下加兵衛に風花を引き渡すと、草を踏んで立ち上がった。

武田晴信を追わねばならない。

すでに、東の空が明けそめはじめている。

業政は近習たちを従え、尾根の上を走った。草むらに武田軍の兵たちが、折り重なるように倒れている。

一町ほど行ったところで、先鋒をひきいる上泉信綱と合流した。

「信綱」

「おお、殿」

浅葱《あさぎ》色《いろ》の陣羽織をまとった信綱が振り返った。

「晴信は……」

「面目ござらぬ。いま一歩のところで、取り逃がしましてございます」

「討ち損じたか」

業政は唇を噛んだ。

見ると、夜襲にあって、丘陵のふもとまで逃げ下っていた武田勢が、しだいに態勢を立て直しはじめている。

「あとを追いまするか」

なお、未練を断ち切れぬようすの信綱に、

「いや、深追いはならぬ」

業政はきっぱりと首を横に振った。

相手が落ち着きを取り戻した以上、このあたりが撤退の潮時であろう。武田の本陣に甚大な被害を与えただけで、奇襲の戦果は十分に上がっている。

「兵を引くぞ」

業政は近習に命じ、合図の退き鉦《のがね》を打ち鳴らさせた。

全軍の撤退がはじまった。

尾根道を引き返した兵たちは、丘の南麓へ駈け下り、碓氷川を越えて右岸の山へ退《しりぞ》いた。

そこからは見晴らしがよく、半里ほど離れた武田方の動きを手に取るように観察することができた。

業政はまず、手傷を負った兵たちの手当をさせた。

上州方の死傷者は三十人に満たない。それに対し、武田方は五百人を越える戦死者を出していた。

「あの武田を相手に、これほどの大勝利とは……。われらにもやれるのですな」

雪の峠越えを決行したときは疲労困憊《ひろうこんぱい》していた兵たちの顔が、いまは自信に満ちあふれ、別人のように輝いている。

勝利の興奮が、彼らに疲れを忘れさせている。

「そうだ、屈強をうたわれる武田の兵とて人の子じゃ。おまえたちは、上州者の意地をよくしめしてくれた」

兵たちをねぎらう一方で、

「だが、いくさはまだおわったわけではないぞ。武田を上州から追い出すためには、もう一働きしてもらわねばならぬ」

業政は厳しい口調で言った。

態勢を立て直した武田軍は、陽が高くなるとともに、上州勢を追って碓氷川の河原へ張り出してきた。

「来たかッ!」

大岩の上にあぐらをかいた業政は、采配《さいはい》を頭上にかかげ、風の向きをたしかめた。金色《こんじき》の采配が南から北へなびく。

春の強い南風である。

(よき風だな)

ニヤッと業政は笑った。

「火攻めじゃーーッ!」

雄叫びとともに、采配が振り下ろされた。

それを合図に、二百余の弓隊が前にすすみ出た。火のついた矢を弓につがえ、対岸の枯れ葦《あし》めがけて、

ヒョウ

ヒョウ

と、放つ。

火矢が次々と葦原に射ち込まれた。火は枯れ葦に燃え移り、めらめらと炎が広がっていく。

折からの南風にあおられた業火が、武田軍をつつんだ。炎と煙に巻かれた武田の兵たちが、やがて退却をはじめた。

漢《おとこ》の覚悟

一

「痛いぞ、おふく。もそっと優しくできぬものか」

箕輪《みのわ》城本丸御殿の寝所《しんじょ》で、長野業政《ながのなりまさ》は悲鳴を上げた。

「悪いのはおまえさまにございます。よい年をして、ご無理をなさるから」

女房のおふくが、腹ばいに寝そべった業政の腰を親指でぐいと押した。

「痛ッ……」

「これくらい我慢なされませ。武田《たけだ》の大軍を甲斐《かい》へ追い払った、上州一の勇将の名が泣きまするよ」

「いかなる勇将、猛将であっても寄る年波には勝てぬ。戦場で采配《さいはい》を振るいすぎたせいか、腕の筋もちがえたようじゃ」

「ほんに、おまえさまは……」

おふくがあきれ顔になった。

と、そこへ、廊下をわたって上泉信綱《かみいずみのぶつな》があらわれた。

「これは、お邪魔でございましたか」

縁側に片膝《かたひざ》をつき、信綱は折り目正しく頭を下げた。

「なんの」

業政は腰をさすりながら、ゆっくりと身を起こした。

「見てのとおり、ざまはないわ。気はいつまでも若いつもりだが、おふくの申すとおり、わしも無理のきかぬ年よ。そろそろあとを若い者にまかせて、隠居したいものよのう」

今年、業政は六十歳になった。

嫡子《ちゃくし》の業盛《なりもり》は五十のころに生まれた子で、まだ十一歳にしかならない。息子が武将として独《ひと》り立ちできるようになるまで、業政は少なくともこの先、五、六年は第一線に立って働かねばならない。

頭ではわかってはいるが、体は正直である。気力でもたせていても、哀《かな》しいかな衰えは隠せない。

「何を仰《おお》せられます」

信綱が真顔で言った。

「わが殿の鬼謀《きぼう》なくば、いまごろ上野《こうずけ》の山野は武田の軍馬が蹂躙《じゅうりん》するところとなっていたであります。まだまだ、陣頭指揮をとっていただかねば」

「そこが辛《つら》いところだ」

業政は手を振り、おふくに席をはずすよう合図をした。

おふくが下がったあと、

「その後、武田方の動きはどうじゃ」

にわかに引き締まった表情にもどり、業政は信綱に聞いた。

「ふたたび軍勢をもよおす気配は、いまのところございませぬ。大将晴信《はるのぶ》みずから上州入りしての敗戦が、よほど堪《こた》えたのでございましょう。このぶんでは、しばらく国ざかいを侵すこともないのでは」

「いや、敵をあなどってはならぬ」

業政は眉間《みけん》に皺《しわ》を寄せた。

「武田晴信は一度や二度の失敗で、尻尾《しっぽ》を巻いて引き下がるような男ではない。むしろ、失敗から何ごとかを学び、より隙《すき》のない策を練って、再来襲するだろう。われらの奇襲もこのたびは功を奏したが、同じ手はもはや通じぬ」

武田晴信が一筋縄でいく相手ではないことを、業政はよく知っている。

今回の勝利は、いわば大きな塵芥《あくた》の山のなかから一粒の砂金を拾ったような僥倖《ぎょうこう》に過ぎず、ふたたび同じことが起きるのを期待してはならない。

（あざやかな撃退劇によって、信綱ほどの男でさえ、やや気がゆるみ気味になっている。みなが勝利に酔い、捨て身で巨大な敵にかかってゆく気構えを忘れねばよいのだが……）

そのことを、業政は何より恐れた。

「武田晴信は遠からず、雪辱《せつじょく》を期して攻め寄せて来る」

業政は言った。

「それが来年か、再来年か、はたまた年内のことになるか、わしにもわからぬ。だが、晴信は必ず来る。死力を尽くした厳しい戦いとなることは間違いない。それを、みなに周知徹底させておかねばならぬ」

「はッ」

「諸砦《しょとりで》の修築をはじめ、兵糧《ひょうろう》の調達、武器弾薬の備蓄など、やらねばならぬことは山ほどある。じっと座して待っているわけにはいかぬ」

腰の痛みをこらえて、業政は立ち上がった。

「まだ、ご無理はなさらぬほうがよろしゅうございます」

信綱が慌《あわ》てて止めようとした。

その手を振り払い、

「わしが陣頭指揮をとらねば、上野の山野が守れぬと言っていたのはどこの誰だ」

業政は笑った。

「わが老い先は短い。腰がガタつこうが、腕が折れようが、この命は武田との戦いにささげると決めた。その覚悟を、おのが行動でしめせば、兵たちもおのずと奮い立とう」

「それがしも、お供つかまつります」

背筋に熱いものをたたきこまれたような表情で信綱が言った。

「まずは砦の巡回じゃな。馬を用意しておけ、信綱」

「ははッ」

「それと……」

業政は言いかけ、

「あの者はどうしておる」

少し声を低くして聞いた。

「あの者、と申されますと？」

「風花《かざはな》なる、武田の素ッ破《すっぱ》よ」

「城内の牢《ろう》に押し込めております」

「さようなことは、命じておらぬぞ」

「女とは申せ、相手は忍びの技に長じた素ッ破にございます。牢にでも入れねば、何を仕出かすやらわかりませぬ。城に火をかけられでもしたら、それこそ取り返しがつきませぬゆえ」

「怪我《けが》をしておったようじゃ。手当はしたのであろうな」

「はあ……」

女に甘いあるじのくせを知っている信綱は、困惑の表情をみせた。

「手当はいたしましたが、箕輪に着いて以来、食事に手をつけておりませぬ」

「それはいかぬ。わしがようすを見てまいろう」

「殿、悪いことは申しませぬ。あのような者は、捨ておかれたほうが……」

「そうはいかぬわ」

業政は顔色を変え、

「素ッ破とて人の子ではないか。うら若いおなごの身で、男に立ちまじって戦場に出るとは、よほどの事情《わけ》を抱えているのであろう。とくと言って聞かせれば、必ずや心を開くはずだ」

確信に満ちた口調で言い、信綱をその場に残して、ひとり牢に足を向けた。

箕輪城の牢は、通仲曲輪《みちなかくるわ》にある。北のどん詰まりの曲輪で、周囲とは隔絶しており、西側は白川《しらかわ》の急流に面した断崖《だんがい》になっている。どのような体術に長じた者でも、この牢から逃げ出すのは至難の業と言わねばならない。

城主の業政みずからが牢にあらわれたのを見て、牢番が驚いた顔をした。

「これは、殿さま……」

「武田の女素ッ破はどこにおる」

「奥の牢にございます」

「案内せよ」

「へえ」

牢番が獄舎の入り口の扉の錠前をあけ、業政を奥へ導いた。

牢内は、北に高窓が切られているだけで、日中でもろくに陽《ひ》が射《さ》すことがない。土壁は暗くしめっており、かび臭《くさ》いにおいが鼻をついた。

いちばん奥の牢に、女がうつむいてすわっていた。

二

「飯を食うておらぬそうだな」

気配に気づき、身を固くした風花に向かって、業政は声をかけた。

「何のつもりか知らぬが、飯を食わねば力がでぬでな。どうだ、わしの古女房が作った焼き饅頭《まんじゅう》だ。見てくれは悪いが、味はなかなかに旨《うま》いぞ」

業政はふところから、まだぬくみのある竹包みを取り出し、牢格子《ろうごうし》越しに女に差し出した。

「いりませぬ」

きらきらと光る大きな目が、業政を刺すように見た。

「案ずるな。毒など入れておらぬ」

「ひと思いに戦場で斬《き》り殺されたほうが、いっそましでありました。わたくしを生かしておいて、どうするつもりです」

「さて、どうするかな」

「…………」

「おい、牢をあけよ」

業政は肩越しに振り返り、後ろに突っ立っていた牢番に命じた。

「危のうござりますぞ、殿さま。相手は武田の素ッ破ではございませぬか。へたに情けをかけたら、何を仕出かすか……」

「よいから、あけるのだ。この者と二人きりで話がしたい」

有無を言わせず牢番に扉をあけさせ、業政は背中をかがめて牢内に入った。

「寒いのう」

業政は女と向かい合ってあぐらをかき、ぶるりと身を震わせた。

風花は無言である。

襟元をかき合わせ、警戒するような目でこちらを凝視している。

業政は苦笑いした。

「案ずるな。わしは好色な男だが、抵抗もできぬ女に手荒な振る舞いはせぬ」

「情けは無用です」

風花の瞳は黒水晶のごとく、人を寄せつけぬ輝きを放っている。

「情けではない。そなたにひとつ、聞きたいことがあってな」

「無駄なことです。お屋形《やかた》さまの御身にご迷惑がおよぶような情報《はなし》など、口が裂けても喋《しやべ》りませぬ」

「それじゃ、それ」

業政は膝頭《ひざがしら》をたたき、

「そなたはなにゆえ、武田晴信にそこまで命懸《いのちが》けで尽くす。武田に仕える素ッ破とはいえ、おなごの身で合戦場にまで出ることはあるまいに」

相手の目をのぞき込んだ。

「答える必要などありませぬ」

風花が冷たく拒絶した。

「それはそうだが、気になる」

「どうして……」

「言ったであろう、そなたに惚《ほ》れたと」

「ばかな」

　女がうすく笑ったが、業政は意にも介さない。

「惚れた女のことは、何ごとによらず知りたい。そなたはなぜ、そのように哀しい目をしておるのか。素ッ破とも思えぬ、内から滲《にじ》み出る品のよさと立ち居振る舞い。もとは、武家の出と見たが」

「他人《ひと》の出自を詮索《せんさく》して、どうなさるおつもりです」

「どうもせぬ」

「………」

「それを聞いたところで、そなたが背負ってきた重荷を肩代わりしてやれるわけでもない。ただ、哀しみを少しでも分かち合いたくてな」

「愚《おろ》かなこと……。役にも立たぬ素ッ破を口説いている暇があったら、次のいくさに備えてはいかがです。お屋形さまが本気になれば、この城などひとたまりもありませぬぞ」

「いかにも、わしは愚かだ。まことに民のことを考えるなら、無用の血を流さず、いっそ長いものに巻かれてしまったほうがよいか、と思うことが時おりある」

　業政は太くため息をついた。

「わしの老い先は短い。わしが死ねば、箕輪の城はどうなるか。領内の民は、女房、子供らは誰が守ってやれるのか。一族や家臣どもの前では弱音を吐《は》けぬが、それを思うと、正直、夜も眠れぬ」

「あなたさまが……」

「おかしいか」

「いえ」

「いつも恐れを知らず、野を駈《か》けているように見えるかもしれぬが、わしも心に弱さを抱えた人よ。そなたの哀しい色をした目に魅《ひ》かれるのは、それゆえかもしれぬ」

「わたくしは……」

「喋っておったら、何やらわしも腹がへってきた」

業政はかすかに笑うと、さきほどの竹皮の包みをひらき、焼き饅頭をひとつ摑《つか》んで頰《ほお》ばりはじめた。

「そなたも食え。毒は入っておらぬぞ」

「わたくしの祖父は……。家臣に毒を盛られ、非業の死を遂げたのです」

「何だと」

はっと顔をこわばらせ、業政は風花を見つめた。

「それはまことか」

「まだ、わたくしが生まれる前の話です。わが祖父に毒を盛るよう命じたのは、越後国主《こくしゅ》

「長尾為景は梟雄《きょうゆう》にございました」

「景虎どのの父が……」

長尾《ながお》景虎《かげとら》の父、為景《ためかげ》」

言葉を選ぶように、風花はおのが身の上をゆっくりと語りはじめた。

それによれば――。

永正四年（一五〇七）、当時、越後守護代《しゅごだい》であった長尾為景は、守護の上杉房能《うえすぎふさよし》と対立するにいたる。

為景が守護討伐の大軍をもよおしているのを知った房能は、側近衆とともに越後府中から逃亡。関東への脱出行をはじめた。しかし、途中、天水越《あまみずごし》の山中まで来たとき、追撃してきた為景軍に包囲され、逃げ場を失って自刃《じじん》して果てた。

このとき、上杉房能に付き従っていた奉行人の平子朝政《たいらくともまさ》らも、あるじに殉じている。

風花の祖父朝信《とものぶ》は、その奉行人平子朝政の弟であった。

兄の死を知った朝信は、

「主《しゅ》殺しの逆臣めが」

と城に籠《こ》もって、長尾為景に徹底抗戦の構えをしめした。

だが、逆に敵に籠絡《ろうらく》されたみずからの重臣に毒を盛られ、為景を呪《のろ》いながら血を吐《は》いて悶死《もんし》した。

いまから、五十年あまり前のことである。

以後、平子朝信の一族は越後を逐《お》われて諸国を流浪。風花の父の代に、甲斐へ流れ着いて武田家に仕えるようになった。

「お屋形さまは、わが一族にとって救いの神です。お屋形さまのもとで働いておれば、いつかは憎い仇《かたき》の長尾の一族に復讐《ふくしゅう》することができる。わたくしが男のなりをして戦場に出ているのは、この手で長尾景虎の首を取らんがため……」

風花が声を震わせて言った。

「仇は景虎どのではあるまい。そなたの祖父を殺した長尾為景は、とうの昔に世を去っておるではないか」

「同じことです」

憎悪に燃える目が、業政を睨《にら》んだ。

「それこそ、愚かだとは思わぬか」

業政は言った。

「そうやって手を血で汚せば、報いはいつかおのが身に返ってくる。武田晴信は、そなたの憎しみの心を巧みに利用しているだけではないのか」

三

「のう、風花」

業政は、わが娘に語りかけるように物柔らかな口調で言った。

「そなたの辛い過去はわかった。越後の長尾家を怨《うら》む気持ちも、ようわかる。だが、憎しみからは何も生まれぬぞ」

「あなたに、いったい何がわかるというのです」

風花は反発したが、さきほどよりもやや声が弱くなっている。

「今日まで、そなたが経験してきた心の痛みは、しょせん他人にはわからぬものであろう。だが、少なくともわしは、それを理解したいと思っている」

「…………」

「来い」

業政はいきなり、風花の細い手首をつかんだ。

「どこへ……」

「よいから、ついてまいれ」

女を拉《らっ》し去るようにして、業政は牢格子の外へ出た。

「殿さまッ！」

と、牢番が目を白黒させて駈け寄ってきた。

「ちと、外へ出てまいる」

「しかし、その女は……」

「構うな」

「と、申されましても」

おろおろする牢番の声を背中に聞き流し、業政は風花を連れて城内の厩《うまや》に足を向けた。

愛馬の唐墨《からすみ》と、もう一頭、河原毛《かわらげ》の馬を曳《ひ》き出させ、

「乗れ」

と、女をうながす。

戸惑《とまど》いながらも、業政の語気の強さに気圧《けお》されたか、風花が無言のまま馬の背にまたがった。

早春の野を二頭の馬が疾駆《しっく》する。

かなたに、春霞《はるがすみ》のかかった榛名山《はるなさん》が聳《そび》え立ち、その裾野《すその》におだやかな田園風景が広がっていた。

種蒔《たねま》きの準備か、農民たちが鍬《くわ》で畑を耕している。

腰の曲がった老爺《ろうや》も、小袖《こそで》の裾をからげて白い脛《すね》を出した若い嫁も、みな業政の姿を目

ざとく見とめると、

「殿さまァ」

「今日も朝から、よい日和《ひより》だんべ」

などと、口々に声をかけてくる。

領主と領民というより、近所のおやじにでも口をきくような気安さである。

「また、別嬪《べっぴん》のおなご連れて……。奥方さまが怒んなさるべぇよ」

声を張り上げた若い嫁を、

「おう、おこらか。上州には、目移りするほどいい女が多いでな。いっそおまえも、まとめて面倒をみるか」

馬上の業政はからかった。

「いやなことだ。うちの亭主のほうが、身持ちがかたくて、ずんと甲斐性《かいしょう》がある」

「わしは甲斐性なしか」

「浮気もんで性根《しょうね》の定まらねェ殿さまだが、武田の荒武者どもを追い返してくれなさったから、許してやんべェ」

「おこらにあっては、わしも形無しだな」

業政は、はじけるように笑った。

上州の女たちは言葉こそ荒いが、体を張って土地を守ってきた業政に対して、ぬくもりのこもった尊崇の情を抱いているのがわかる。

やがて、白川の川べりに出た。

瀬音を響かせる清流は、細濁《ささにご》りで、水がいかにも冷たそうに見える。

その流れに腰のあたりまで浸《つ》かり、茜色《あかねいろ》の褌《ふんどし》姿の屈強そうな男たちが、石を積む作業をしていた。

川から田畑に水を引く、用水路の工事である。みな無駄口ひとつきかず、黙々と立ち働いていた。

彼らの背中を眺《なが》め下ろしながら、

「いまは豊かな田畑が広がっておるが、かつてこのあたりは、一粒の米、麦も採れぬ、いちめんの荒れ地であった」

業政は言った。

「それがどうしたというのです」

風花は、自分を外へ連れ出した業政の真意をはかりかねている。

「ただでさえ荒れ地のうえに、戦乱が絶えず、民は田畑を耕すどころではない。食うに困って親が子を売り、子が親を山に捨てに行くようなこともあったと聞いておる」

「…………」

「わしは時おり、思うのだ。生まれたままの赤子は、憎しみの心など、どこにも持っていない。にもかかわらず、人と人が争い、戦乱に明け暮れるようになるのは、なにゆえなのか」

「欲が人を変えるのでしょう」

底に冷たさを含んだ風に美しい黒髪をなぶらせながら、風花が言った。

「そなたの申すとおりよ」

業政はうなずいた。

「かく言うわしにも欲はある。人より多くの領地を手に入れたい、おのが武名を天下に轟《とどろ》かせたい——そのためなら、他人を踏みつけにしても構わぬと思うこともあった」

「そのように考えるのが当然でありましょう。人に隙を見せているようでは、この乱世は生き残れませぬ」

「だが、その我欲の陰《かげ》で泣いている者がいる。長尾為景の野心の巻き添えになった、そなたのようにな」

「…………」

「わしが他人の心の痛みを考えるようになったのは、河越《かわごえ》の夜戦で嫡男の吉業《よしなり》を失ったときからだ。吉業はのう、武者の家にはふさわしからざる、心優しき倅《せがれ》であった。最期《さいご》も、このわしをかばって討《う》ち死にしおった。親のことなど打ち捨てて、さっさと逃げればよかったものを……。愚かなやつよ」

乾いた声でつぶやく業政の頬を、ひとすじの涙がつたい落ちた。

「その吉業が世にあるころ、口癖のように言うておった。民の苦しみを、見ているのが辛い。いくさが起きれば、わりを食うのは弱い存在の民ではござらぬか。いくさにそそぐ力を、ほんのわずかでも、荒れ地を切り拓《ひら》く力に変えることができれば、どれほどよろしかろうにと」

「それで、あなたさまは」

風花が、かすかにうるんだ黒い瞳を業政の横顔に向けた。

「息子の墓前で、わしは心に誓った。そなたの思い、そなたから命を貰《もら》った父が受け継ごう。いっさいの私欲を捨て、国を豊かにし、民の暮らしを守るために、与えられた余生のすべてを捧《ささ》げつくそうとな」

ひといきに言葉を吐き出してから、業政は少年のような恥じらいを含んだ笑みをみせた。

「子が子なら、親も親か。どちらも、とんだ愚か者じゃな」

「そのようなことは……」

風花が何か言おうとしたとき、

「父上ーッ!」

叫びながら、土手の上を手足の長い色白の少年が駈けてきた。

「新五郎(業盛)か」

業政は目を細めた。

「十一歳になる、わしの次男よ。川狩りでもしていたのであろう。あのように泥まみれになって……。あやつが一人前になるまで、まだまだ、わしはくたばるわけにはいかぬ」

「あなたさまなら、死神も尻尾を巻いて逃げていきましょう」

「おお、笑ったな」

業政は目尻を下げた。

「去《い》ね」

「え……」

「どこへなりとも行くがいい。馬は貸しておく」

突き放すように言うと、風花が乗った河原毛の尻《しり》を平手でたたいた。

フキノトウの生《は》えた土手を、馬がすべるように走りだした。

四

武田軍が上野国へ攻め入ってきたのは、翌永禄二年（一五五九）春のことである。

都合、四度めの侵攻であった。

出陣前の二月、武田晴信は髪を剃って出家し、名を「信玄《しんげん》」と改めている。

碓氷峠《うすい》を越え、西上野へ入った武田の先鋒《せんぽう》飯富《おぶ》虎昌《とらまさ》の軍勢三千は、長野業政の姪を嫁にしている安中忠成《あんなかただなり》の籠《こ》もる安中城を取り囲んだ。

これにつづき、武田信玄の本隊一万が馬蹄《ばてい》の音を響かせて進軍。東山道をすすんで、安中城へせまった。

かねてより、武田信玄の再襲を覚悟していた業政は、

「城を修築して、備えをかためるべし」

と、年明けのころから、防備の増強を急ぐよう忠成にうながしていた。

その修築作業が完全にととのわぬうちの、突然の敵襲だった。

安中忠成からの一報が入るや、業政は手勢千五百をひきい、ただちに箕輪城を出陣。安中城の救援に向かった。

同時に、

木部《きべ》宮内少輔《くないのしょう》
大戸《おおど》左近兵衛《さこんびょうえ》
和田《わだ》八郎業繁《なりしげ》
倉賀野《くらがの》左衛門五郎《さえもんごろう》
羽尾《はねお》修理亮《しゅりのすけ》
浜川《はまかわ》左衛門尉《さえもんのじょう》

依田新八郎《よだしんぱちろう》をはじめとする箕輪衆にも出陣命令が発せられ、男たちは先祖累代の領地を死守すべく、おのおのの城を打って出た。

業政は、湛光風車《たんこうふうしゃ》ら配下の普化宗《ふけしゅう》の虚無僧《こむそう》を前線へ放ち、武田軍の動きに目を光らせた。

ほどなく——。

烏川《からすがわ》を渡ったところで、普化宗の虚無僧のひとりが重要な知らせをもたらした。

「武田信玄は安中城攻めを飯富虎昌にまかせ、みずからは街道をそのまま東へすすんで、和田城（高崎城）へ向かわんとしておりますッ！」

「和田城か」

「はッ」

「まずいな……」

業政は表情を曇らせた。

業政の女婿《じょせい》のひとりで、和田城を居城《きよじょう》とする和田業繁は、軍勢をひきいて安中城へ向かったあとである。

当然、防備は手薄で、ここを武田信玄の本隊に襲われれば、城はなすすべもなく陥落するであろう。

「和田業繁に使いを送れッ！」

業政は近習《きんじゅ》に命じた。

「ただちに和田城へもどり、守りをかためるのだ」

使番《つかいばん》が放たれた。

業政も安中城へ向かうつもりであったが、信玄が和田城へ直進するとなれば、作戦を変更せねばならない。

そのあいだにも、普化宗の虚無僧が刻一刻と変化する情報をもって、陣中へ飛び込んでくる。

「ただいま、武田信玄は八幡《やわた》村の八幡八幡宮《はちまんぐう》で戦勝祈願をおこなっておりまする」

「八幡村だと」

業政は采配を強く握りしめた。

(近い……)

業政らが陣する地点から、距離にして半里(約二キロ)あまりの場所である。

八幡八幡宮は、天徳元年(九五七)、村上天皇の勅命で山城国の石清水《いわしみず》八幡宮を勧請《かんじょう》した古社である。その昔、八幡太郎源義家《みなもとのよしいえ》が、奥州遠征に向かうさい、ここに立ち寄って戦勝祈願をしたと伝えられる。凱旋《がいせん》後、勝ちいくさを謝した義家は、拝殿などを造営し、冑《かぶと》、鎧《よろい》、弓矢、神器などを奉納。以来、八幡八幡宮は、源氏一門の尊崇する社となった。

鎌倉将軍源頼朝《よりとも》も、木曾義仲《きそよしなか》追討のさい、当社に祈願し、弟範頼《のりより》、義経らを派遣して目的を達したのち、殿舎をことごとく造営し直している。

八幡太郎義家の弟、新羅《しんら》三郎義光《よしみつ》の末流にあたる武田信玄が、わざわざ戦勝祈願に立ち寄ったのも道理であろう。

（われらにとっては幸い……）

業政は双眸《そうぼう》を底光りさせ、

「武田信玄の動きから、いっときも目を離すな」

普化宗の者どもをたばねる湛光風車に命じた。

湛光風車が去ったのち、業政は上泉《かみいずみ》信綱を呼んだ。

紺糸威《こんいとおどし》の当世具足《とうせいぐそく》を身にまとった信綱は、八幡村に武田本隊がいると聞き、引き締まった面貌《めんぼう》に緊張をみなぎらせた。

「なんと……。われらの目と鼻の先ではございませぬか」

「敵はまだ、こちらには気づいておらぬようだ。安中へ加勢に向かうつもりであったが、目の前にあらわれた大魚を逃すわけにはいかぬ」

「されば、決戦を」

「うむ」

業政は顎《あご》を引き、深くうなずいた。

「先鋒は、なにとぞそれがしに」

「敵は一万の大軍だ。厳しい戦いになろうぞ」

「望むところでございます」

上泉信綱が、頰に血の色を立ちのぼらせた。

「よかろう、先鋒はそなたにまかせた」

「はッ」

「ただし、不用意に仕掛けてはならぬ。わが本隊が到着するまで待て」

「承知」

上泉信綱の隊を、一足先に八幡村へ発向《はっこう》させると、業政は箕輪衆が集結するのをしばらく待った。

急報を聞いた男たちが、続々と集まってきた。みな、上州者らしく、ぎらぎらとした闘志を総身《そうしん》にみなぎらせている。

その数、五千近い。

「者ども、行くぞッ！」

業政は号令をかけた。

八幡村は、業政の箕輪城からも、わずか二里足らずの距離である。付近の地形は、目をつぶっても頭に思いえがけるほど熟知している。

（地の利、われにあり……）

業政は逸《はや》る気持ちを押さえ、粛々《しゅくしゅく》と馬をすすめた。
八幡村は、
——八幡台地
と呼ばれる、烏川右岸の河岸段丘の上にある。
台地の上には、
観音塚《かんのんづか》古墳
二子山古墳
楢《なら》ノ木《き》古墳
大塚古墳
天神山古墳
といった古塚が、二百あまり点在していた。
いずれも鬱蒼《うっそう》とした森につつまれ、小丘陵《しょうきゅうりょう》のように見える。
業政はこのうち、巨大な前方後円墳の観音塚古墳の前に本陣を置き、八幡の森からせり出してきた武田軍と相対した。
両者の距離は、十町《ちょう》もない。
たがいに、すぐには仕掛けず、相手の出方をうかがった。
先年、武田信玄は、業政の鬼謀の前に手痛い苦杯を嘗《な》めさせられている。数のうえで優位に立っているとはいえ、行動は慎重にならざるを得ない。

対峙《たいじ》すること半日——。

午後になって、風が出てきた。

西から黒雲が湧《わ》き出し、沛然《はいぜん》と雨がたたきつけてきた。

五

「殿、いかがいたしまするか」

武田の大軍を眼前にのぞみ、藤井豊後守《ふじいぶんごのかみ》が業政に聞いた。

しきりに胴震いをしている。臆病風《おくびょうかぜ》に吹かれたのではなく、この場合、おのずと高ぶってくる気持ちを押さえきれぬのであろう。

業政は押し黙っている。

降りしきる雨を見つめたまま、塑像《そぞう》のごとく動かない。

「殿ッ！」

豊後守が焦《じ》れたように叫んでも、業政は唇《くちびる》を真一文字に引き結んで床几《しょうぎ》に腰をすえていた。

そのあいだにも、雨脚《あまあし》は強まるばかりである。相対する武田軍の旗指物《はたさしもの》が、白く煙って見えなくなるほどの烈《はげ》しい雨だった。

やがて、横なぐりの雨風で、少し離れた味方の影さえ定かでなくなったとき、業政は不意に口をひらいた。

「裏の森へ入る」

「雨風をしのぐのでございますか」

兜《かぶと》の目庇《まびさし》にたたきつける雨のしぶきに目を細め、藤井豊後守が言った。

業政はそれには応えず、

「急ぎ、下知《げじ》せよッ！」

「ははッ」

豊後守が伝令を呼ばわった。

長野業政ひきいる上州勢は、ツバキやシイなどの常緑樹につつまれた観音塚古墳の森に後退した。

樹木が枝をのばす森のなかへ入ると、にわかに雨が弱くなる。風も森の奥までは届かず、あたりは先ほどまでの喧噪《けんそう》が嘘《うそ》のように静まった。

やれやれ、と一息ついているようすの藤井豊後守に、

「そのほう、ここに残って、わしの代わりに軍勢の指揮をとれ」

業政は言った。

「それがしが……」

「そうだ」

「殿はどうなされるので」

「わしか」

「はい」

「わしは、精鋭一千をひきいて武田勢の後陣を衝《つ》く。いまならば、森で雨宿りをしていると思い、敵も油断しておるであろう」

「奇襲でございますな」

豊後守が目の奥をぎらりと光らせた。

「この雨風が、恰好の隠れ蓑《みの》となる。われらが武田に勝つには、天があたえた、たった一度の機会に賭《か》けるしかあるまい」

「承知いたしました。この豊後守、一命に代えても、観音塚の陣を死守つかまつりましょう」

「頼むぞ」

業政は、苦楽を共にしてきた老臣の肩をたたいた。

業政が別働隊一千とともに、観音塚の森をあとにしたのは、それからまもなくのことである。

先鋒の大役は、もっとも信頼する上泉信綱にゆだねた。

森を出ると、ふたたび大粒の雨がたたきつけてくる。春とはいえ、老いた業政の身には
ひとしお寒さが沁《し》みた。

(おふく……。どうやらわしは、あの世に行くまで年甲斐《としがい》もなく働きつづけねばならぬようだな……)

胸のうちで、業政は古女房に呼びかけた。

一帯には、古塚の森が点々と散らばっている。その古塚の森陰を縫《ぬ》うようにすすみ、業政の一隊は武田軍のいる八幡の森の後方へまわり込んだ。

敵が業政らの行動に気づいている気配はない。

「突っ込めーッ!」

業政は采配を振るった。

先鋒の上泉隊が、雨のとばりを裂くように、武田の後陣めがけて突進していく。

これに驚いたのは、武田信玄から後陣をまかされていた小宮山昌友《こみやままさとも》だった。

「あれは何じゃ」

「み、箕輪の者どもにござります……」

近習が青ざめた顔で報告した。

「何ッ!」

後方から、いきなり襲いかかってきた業政の軍勢に、小宮山隊は騒然となった。最前線から遠い後陣ということで、兵たちに気のゆるみがあった。

先鋒の上泉隊が、隊伍《たいご》の乱れた武田勢を槍《やり》で突き、刀で斬り伏せていく。

「ものども、上泉隊につづけーッ！」

喉《のど》も裂けよと、業政は大音声《だいおんじょう》を発した。

二陣　下田正勝《しもだまさかつ》、内田頼信《うちだよりのぶ》
三陣　大熊高忠《おおくまたかただ》、八木原信忠《やぎわらのぶただ》
の軍勢が、喊声《かんせい》を上げて戦場に殺到する。

全身ずぶ濡《ぬ》れになり、泥まみれになった兵たちの体から、白い湯気がもうもうと立ちのぼる。

武田方の小宮山隊は、縦横に暴れまわる箕輪衆に翻弄《ほんろう》され、死傷者が増えていくばかりである。

「やむを得ぬッ。かくなるうえは、お屋形さまに助けをもとめるよりほかない」

小宮山昌友は武田信玄の本陣に使いを差し向け、救援を乞《こ》うた。

むろん、業政はそうなることをあらかじめ想定している。

「みな、深追いしてはならぬ。じきに武田の本隊がやってくるぞ。いまのうちに引き揚《あ》げじゃーッ！」

全軍に撤退を命じた。

業政ひきいる上州勢は、降りしきる雨にまぎれて疾風《はやて》のごとく退却し、武田信玄が差し向けた三千の旗本隊が到着したときには、一隊の姿は影も形もなかった。

武田方の小宮山昌友隊の死傷者は、三百七十余人の多きにのぼった。

「業政が消えたと？」

素ッ破から報告を受けた武田信玄は、雨に濡れた兜の下でかすかに眉《まゆ》をひそめた。

「それはまことか」

「観音山の古塚に陣せし敵の軍勢も、雲を霞《かすみ》と姿を消しております。おそらく、箕輪城へ引き揚げたものと」

「長野業政……。神出鬼没の男だな」

信玄は虚空《こくう》を睨み、低くつぶやいた。

その武田信玄に、

「恐れながら」

と、声をかけた者がいる。

箕輪周辺の地理を知る者として信玄の本隊に同道してきた、信濃先方衆《さきかたしゅう》の真田《さなだ》幸隆《ゆきたか》だった。

「業政はまだ、箕輪城へはもどっておらぬと思われます」

「なにゆえ、そう思う」

「それがしは、業政という男の気性を存じております。おそらく、どこかでじっと息をひそめ、次の仕掛けの機会をうかがっているものと」

「そういう男か」

「はい」

幸隆はうなずき、

「つねに休みなく頭を働かせつつ、野を駈けているような男でござりますゆえ」

と、確信に満ちた口調で言った。

「ふむ……」

武田信玄は顎を撫で、一瞬、考えるような目をした。

すぐに床几から立ち上がり、

「業政の行方を追えッ！　草の根分けても探し出すのだ」

信玄は命を下した。

武田の素ッ破が諸方へ散っていった。

ようやく、長野業政の所在がつかめたのは、その日夜半のことである。

六

長野勢は、箕輪城の北西一里あまりのところにある、

――雉郷城《きじごう》
にいた。

雉郷城の城主は、里見《さとみ》河内守《かわちのかみ》。業政に忠節を誓っている家臣である。

城は榛名山の山裾《やますそ》を流れる烏川沿いにあり、武田信玄が陣をしく八幡の森からも、わずか一里あまりしか離れていない。

「灯台もと暗しでございましたな」

武田家重臣の両角虎光《もろずみとらみつ》が、床几に腰をすえるあるじに目を向けて言った。

「雉郷城に身をひそめるくらいなら、要害堅固な本城の箕輪へ引き揚げればよいものを。策士の業政のこと、さだめし何ごとか企んでおるにちがいありませぬ」

「面妖《めんよう》なやつよの」

信玄が、暗い森をあかあかと照らす篝火《かがりび》を睨んだ。

「雉郷城へ夜襲をかけまするか」

虎光が言った。

「いや」

信玄は首を横に振った。

「夜中、うかつに動けば、地の利を味方につけた敵の罠《わな》にみずから飛び込んでいくようなもの。行動は慎重のうえにも、慎重を期さねばなるまい」

「されば、夜明けを待って……」

「雉郷城を囲む。われらは大軍じゃ。小賢《こざか》しい策など、弄《ろう》する必要はない」

その日、武田軍の兵たちは八幡の森で夜を明かした。

翌朝は雨が上がり、あたりにうっすらと川霧が流れている。

その霧のなかを、一万余の武田軍は烏川沿いにさかのぼって雉郷城へ向かった。やがて、かなたに見えてきた城には、長野氏の檜扇紋《ひおうぎもん》の軍旗が林立している。

だが、ようすが、

（おかしい……）

武田信玄は、雉郷城の静かすぎるたたずまいに首をひねった。

「お屋形さま、総攻めのご命令をッ！」

両角虎光が勢い込んで信玄にさしずをもとめた。

「待て、早まってはならぬ」

信玄は斥候《せっこう》を呼んだ。

「城のようすを見てまいれ」

「はッ」

命を受けた斥候が、雉郷城のほうへ走り去っていった。

しばらくしてもどってくると、

「城内には誰もおりませぬ」

と、驚くべきことを告げた。

「何だと……。あれ、あのように、物見櫓《ものみやぐら》や塀《へい》ぎわに長野勢の軍旗がひるがえっておるではないか」

両角虎光が斥候に食ってかかった。

「城に残っているのは、軍旗だけにございます。城の者は一兵残らず、いずこかへ姿を消しておりますッ」

「またしても、業政めに謀《はか》られたようじゃな」

武田信玄が低くつぶやいた。

その表情に、怒りや悔しさはない。むしろ、おもしろがってさえいるかのようである。

「逃げ足の早いやつよのう」

「いかがなされます、お屋形さまッ！」

「落ち着け、虎光。敵の狙いは、われらを引きずりまわし、混乱させることにある。相手の術中にはまってはなるまいぞ」

「しかし……」

「まずは、敵の所在をつかむことが先決であろう」

ふたたび、諸方へ武田の素ッ破が走った。


そのころ——。

長野業政は鷹留城《たかとめ》にいる。

鷹留城は、榛名山のふもと近くの山中に築かれている。業政の本拠、箕輪城の第一の支城であり、

——箕輪城を頭とすれば、鷹留城は尾にあたる。

と言われる、重要拠点であった。

山の尾根に沿って三つの大きな曲輪が連続して並ぶ、並郭式《へいかく》の山城である。

鷹留城をあずかっているのは、業政の甥《おい》の長野業通《なりみち》。業通は若くして死んだ業政の兄業《なり》氏《うじ》の長男で、西上野防衛に奔走する叔父を助けて働いていた。

「武田勢がこの鷹留城に攻め寄せてくるのは、時間の問題でありましょう。敵は、叔父上に引きまわされ、相当に苛立《いらだ》っているはずです」

小具足姿の業通が、膝頭を強くつかんで言った。

「であろうな」

業政は干し豆を食っている。

「数にものを言わせ、力攻めに攻めかかってくるは必定《ひつじょう》。一歩も引かず、迎え撃つ覚悟はできておるか」

「はい」

「よくぞ申した。ただし、はやってはならぬぞ」

業政は、若い甥に釘を刺した。

「最初は手出しをせず、敵を引きつけるだけ引きつけるのだ。敵先鋒が空堀《からぼり》を越えて土塁《どるい》に群がりつくのを見届けたのち、矢狭間《やはざま》のかげに伏せていた弓隊に命じて、いっせいに矢を射《い》かけさせ、頭上から大石を投げ落とすのだ」

「して、叔父上は？」

「わしか」

業政は奥歯でガリリと干し豆を嚙《か》み砕き、

「わしは、そなたが敵を引きつけているあいだに山道を迂回《うかい》し、武田勢の背後へまわる。乾坤一擲《けんこんいってき》、今度こそわが命にかえて、信玄の首を獲《と》ってくれよう」

老いた面貌に静かな闘志をみなぎらせて言った。

「叔父上、よもや武田信玄と刺し違えるおつもりでは……」

「それこそ、本懐というものよ。武者というものは、朝、寝床を出たときから、その日を死ぬ日であると覚悟せねばならぬ。最初から生き残るつもりで戦えば、勝利はないと心得ておけ」

「お言葉、胸に刻んでおきます」

業通が深くうなずいたとき、そこへ湛光風車が駈け込んできた。

「申し上げますッ！」

「いかがした」

業政は、廊下に片膝をつく湛光風車を見た。

「飯富《おぶ》昌景《まさかげ》ひきいる二千の軍勢が、こちらへ向かっております」

「ようやく来おったか。して、信玄は？」

「それが……」

「有《あ》り体《てい》に申せ」

「武田信玄の本隊八千は、こちらへは向かわず、途中で方角を変えて箕輪城をめざしております」

「信玄が箕輪へ……」

一瞬、業政は虚《きょ》をつかれた表情になった。

相手を振りまわし、幻惑していたつもりであったが、

（さすがに、信玄……）

こちらの策を見抜き、一挙に本拠地を衝く挙に出たものとみえる。

箕輪城は要害堅固とはいえ、あるじの業政が城をあけているため、守りが手薄になっている。わずかな留守部隊だけでは、武田本隊を相手に、とうてい持ちこたえられるものではなかった。

「急ぎ、箕輪へもどる」

業政は立ち上がった。

「あとのことは、業通……」

「それがしにおまかせ下され。叔父上直伝の兵法で、飯富昌景の軍勢を翻弄してみせまする」

「まかせたぞ」

短く言いおくと、業政は手勢をひきい、箕輪城めざして馬を疾駆させた。

七

業政は手勢をひきいて箕輪城へ帰還した。

さいわい、敵の軍勢はまだこちらには姿をあらわしていない。

「いかがなされました、おまえさま」

出迎えた女房のおふくが、狐《きつね》につままれたような顔をした。

「くわしく話している暇はない。武田の本隊が、じきにこの城へ押し寄せてくる」

「まことでございますか」

「そなたは大釜《おおがま》で粟粥《あわがゆ》を炊《た》き、城へもどった者たちに腹一杯食わせよ。箕輪城はじまって以来の大いくさになるぞ」

「承知しました」

おふくが台所の女たちをきびきびと差図《さしず》し、炊き出しの用意をはじめた。

業政も休んでいる余裕はない。

配下の将士たちに、

「急ぎ、持ち場につけッ！」

と命を下し、湛光風車らを斥候に放った。

武田軍が箕輪城を囲んだのは、それからわずか四半刻《しはんとき》（三十分）のちのことである。

敵将武田信玄は、城から一里あまり南方の井出《いで》の地に本陣をしき、
内藤昌豊《ないとうまさとよ》
馬場信春《ばばのぶはる》

らを先鋒として、時を移さず箕輪城への攻撃をはじめた。

東の大手口から内藤昌豊が、南の搦手口《からめてぐち》から馬場信春の軍勢がせまった。

これに対し城方は、城門をかたく閉じ、貝のごとく籠もって、武田勢の猛攻をひたすら耐えしのぐ。

城内の物見櫓から、このようすを眺めていた業政は、藤井豊後守と花形民部《はながたみんぶ》をそばへ呼んだ。

「一方的に攻め立てられているだけでは、いずれ城門は破られるであろう。椿山《つばきやま》へ兵を出張らせ、搦手口の敵を側面からかきまわす」

業政は言った。

「椿山にござるか」

豊後守と民部の顔に緊張がみなぎった。

椿山は、箕輪城の城南にひろがる椿名沼《つばきなぬま》を見下ろす小丘陵である。城の水ノ手曲輪から尾根づたいに道が通じており、丘を駈け下れば、搦手口を攻めている馬場信春隊の側面をつくことができた。

しかし、へたをすれば敵に取り囲まれ、全滅の恐れもある。危険な賭けであった。

「わかりました。そのお役目、それがしにおまかせ下され」

鬼瓦《おにがわら》のようないかつい顔をした花形民部が、みずから役目をかって出た。槍自慢の猛者《もさ》

だが、女房とのあいだに初めての男子が生まれたばかりで、

——これがあの、槍の民部か……。

と、誰もが目を丸くするほどの親馬鹿《おやばか》ぶりを発揮している。人一倍、血の気が多く、情にもろいところがある。

「やってくれるか」

「女房子供を、いや、箕輪の城を守るためにござる。武田軍にその人ありと知られた馬場信春に、目にものみせてくれましょうぞ」

民部が、厚い胸をたたいた。

「民部ばかりに手柄を上げさせるわけにはまいらぬ。されば、それがしも」

一ノ執権の藤井豊後守も、奇襲隊への参加を懇願する。

業政は、藤井豊後守と花形民部に五百の軍勢をゆだねた。

藤井豊後守と花形民部の一隊は、水ノ手曲輪から林のなかをすすみ、椿山に出た。

だが——。

不測の事態がそこで起きた。

箕輪勢の檜扇紋の軍旗が林間に見え隠れしているのが敵に気づかれ、奇襲策が露見してしまう。

搦手口の馬場信春は、配下のうち五百の兵を、ただちに椿山へ急行させた。熊笹におお

われた山の斜面を、馬場勢が喊声を上げながら駈けのぼってくる。

「見露《みあらわ》されたかッ！」

花形民部が、槍を握る手に力を込めた。

「かくなるうえは、敵中に突っ込み、手当たり次第に武田の将士を血祭りにあげて斬り死にするまで……」

「いや、待て」

年かさの藤井豊後守が、血気にはやる花形民部を押さえた。

「われらが殿は、さようなことは望まれまいぞ」

「ならば、どうせよと」

「こんなこともあろうかと、殿よりお知恵を授けられている」

藤井豊後守は椿山にいた軍勢に撤退を命じた。

一隊は、もと来た道を駈けもどり、尾根をつたって水ノ手曲輪に逃げ込んだ。

追ってきた敵は鉄鋲を打ち込んだ堅固な城門にはばまれ、そこから先へすすむことができない。やむなく馬場勢が退くと、藤井、花形隊は城門を開いて再度出撃。太鼓をたたいて相手を挑発する。

椿山を下りかけていた馬場勢は、挑発に乗って、またしても山を駈けのぼってくる。これを見た藤井豊後守、花形民部の軍勢は、逃げ足早く、城門のうちに飛び込んだ。

そんなことが、五、六度、繰り返された。

さすがに馬場勢は疲労困憊《ひろうこんぱい》し、椿山の林のなかで休息をとった。

その馬場勢の隙を、業政の命で城の埋門《うずみもん》から出撃した白川五郎《しらかわごろう》、青柳治部《じぶ》らの軍勢が襲った。不意をつかれた馬場勢は、大混乱におちいり、ほうほうの体《てい》で山を駈け下りてゆく。

城方は深追いせず、城内へ軍勢を引き、ふたたび防備に徹した。

翌日——。

業《ごう》を煮やした武田信玄は、全軍に総攻撃を命じた。

閉ざされた城門に、十人、二十人がかりで、太い丸太がたたきつけられる。土塀に雑兵《ぞうひょう》が群がり、梯子《はしご》をかけて上によじのぼろうとした。

だが、城方は門や土塀の上から木の根、大石を投げ落とし、石つぶてや矢を放ち、敵を容易に城内へ寄せつけない。

武田方に多くの死傷者が出た。

(このままでは、無駄に兵を損ずるばかり……)

と判断した武田信玄は、力攻めの方針を捨て、兵糧攻めの持久策に切り替えることにした。

箕輪城に、いっとき静けさがもどった。

武田方は街道を封鎖し、城内への補給路を絶った。

箕輪城の蔵には、籠城戦《ろうじょうせん》にそなえ、平素は米、麦が十分に備蓄されていたが、昨年は十年に一度という不作で、民を救うために業政は年貢の徴収を例年よりも控えていた。

それゆえ、たちまち兵糧が底をついてきた。

「これ以上、いくさが長引けば、飢え死にする者が出てまいりましょう」

上泉伊勢守《いせのかみ》が悲鳴を上げた。

「たしかに、苦しいのう」

いつもは前向きな業政も、さすがに追い詰められている。

西上野一揆《いっき》の同朋に密書を送り、援護を頼んではいるが、武田勢に蟻《あり》の這《は》い出る隙もなく包囲されているいまの状況では、外部からの兵糧入れはほとんど絶望的だった。

籠城三ヶ月――。

事態の決着は思わぬ形でついた。武田軍が箕輪城の囲みを解き、突然、撤退をはじめたのである。

(どうしたことか……)

業政は首をひねった。

武田軍撤退の理由は意外なものであった――。

幾たびの春

一

武田《たけだ》信玄《しんげん》が撤退したのは、上州攻略を断念したからではない。

越後の長尾《ながお》景虎《かげとら》が、

「上洛」

との情報がもたらされたためであった。

今回の景虎の上洛は、私的なものではない。将軍足利義輝《あしかがよしてる》に対し関東出馬の許可を得るための、おおやけの上洛であった。

景虎は小田原北条氏《ほうじょうし》に圧迫され、越後へ逃れてきた関東管領上杉憲政《かんとうかんれいうえすぎのりまさ》を保護している。

その憲政を援《たす》け、関東へ兵をすすめて乱れた秩序をただすことは、筋目を重んじる景虎にとって、

――天命

であった。

とはいえ、みだりに出兵しては、領土欲に駆《か》られて他国を侵略している北条氏や武田信玄と同じ地平に、みずからを堕《お》としめることになる。

関東出馬を正義たらしめるためには、勢威《せいい》衰えたりとはいえ、武門《ぶもん》の棟梁《とうりょう》である将軍のゆるしが必要だった。

永禄二年（一五五九）四月二十一日、長尾景虎は軍勢五千をひきいて越後春日山《かすがやま》城を発した。

上洛後、景虎は義輝に拝謁《はいえつ》。

「関東管領上杉憲政を補佐し、関東へ兵をすすめよ」

と、命を受けた。

将軍義輝はこのとき同時に、

「もし上杉憲政が管領としての役目を果たすのが難しいとなれば、そなたが代わって関東管領となるがよい」

景虎に管領職任命の内意を伝えている。

それは、ともかく――。

長尾景虎の上方滞在は、半年近くの長きにおよんだ。この空白を、武田信玄が見逃すはずがない。

じつはこれよりさき、信玄は将軍義輝より、信濃守護職《しゅごしき》に任ずるのと引きかえに、長尾景虎上洛中の信濃国内での軍事行動を禁じられていた。

信玄側がこれを了承したため、景虎は後顧《こうこ》の憂《うれ》いなく上洛の途につくことができた。だが、北信濃制圧の好機を前に、おとなしく行動をつつしんでいる信玄ではない。

上野国《こうずけ》から軍勢を引き揚《あ》げた信玄は、公然と約定を破り、北信濃へ侵攻。長尾方の諸城を攻めつけはじめた。

信濃の情勢が風雲急を告げるのと正反対に、武田勢の軍馬の響きが去った上野国には、つかの間の平穏がおとずれている。

箕輪《みのわ》城の本丸大広間では、長野業政《ながのなりまさ》の娘婿《むすめむこ》たちや配下の箕輪衆が集まり、祝宴がひらかれていた。

縁起ものの松囃《まつばやし》が笛、太鼓で奏せられ、旅の遊芸人たちによる優艶《ゆうえん》な曲舞《くせまい》が座を賑《にぎ》わせた。

「武田のやつらめ、上州侍の意地を見たか。手も足も出せず、尻尾《しっぽ》を巻いて逃げ出していきおったぞ」

「そうじゃ。この箕輪に業政どののおるかぎり、武田に上野の土は踏ませぬ」

酒の入った男たちは、すっかり気が大きくなっている。酔った家臣のなかには、小袖《こそで》を双肌脱《もろはだ》ぎにし、剽《ひょう》げた裸踊りをはじめる者までいた。

誰もが陽気だった。

武田勢が峠を越えてせまってきたときの恐怖を、十年、二十年も前の過去であるかのように忘れ果てている。

だが、その場に城主の長野業政はいない。武田勢撤退の前後から体調を崩し、寝間で臥《ふ》せっていた。

「ほんに、男たちはよう飲みますこと」

城内の大台所で忙しく立ち働きながら、業政の二女の奈津《なつ》が、義母のおふくに声をかけた。

「いくさが終わって、やれやれと安堵《あんど》しておるのでありましょう。今宵《こよい》ばかりは大目に見てやりなされ」

「大目に見ると申しても、限りがござりましょう。わが夫など、調子に乗って曲舞の女に見苦しく戯《ざ》れかかっておりまする」

羽尾修理亮《はねおしゅりのすけ》に嫁いでいる八女の宇多《うた》が、ぷっと頬《ほお》をふくらませた。

「まあまあ、宇多どの。それくらい、たいしたことではありますまい。そなたたちのお父上の、あのおなご好きに比べれば……」

おふくが笑いながら、義理の娘をなだめた。

「父上と申せば、お加減はいかがなのでございます」

ふと眉《まゆ》をひそめ、姉娘の奈津がおふくに聞いた。

「たいしたことではない、少し疲れが出ただけだと仰《おお》せになっておられます」

「父上が？」

「ええ」

「これまでは、どのような大いくさのあとでも、疲れた顔ひとつ見せず、遊芸人どもにまじってへたな曲舞など舞《も》うておりましたのに……。それだけ、お年を召されたということでありましょうか」

さすがに、宇多が案ずるような表情になった。

「父上の御身《おんみ》にもしものことがあれば、この箕輪の城はどうなるのでございましょう」

「これ、宇多。祝いの夜に、何という不吉なことを……」

奈津が妹をたしなめた。

「でも、姉上。跡取りの業盛《なりもり》どのは、元服をはたしたばかり。まだ十二歳の幼さでございますよ」

「おやめなさい、宇多。父上はじきにお元気になられるに決まっています。さようでございますね、義母上《ははうえ》」

同意をもとめるように、奈津がおふくを見た。

「そう……。わたくしも、そのように信じております」

おふくがつとめて明るく言った。

娘たちには打ち明けなかったが、じつはおふくは業政の侍医から、夫の病状がただごとでないことを聞いていた。

――一にも二にも、養生につとめられることです。長年のご無理が祟《たた》ったか、肺の腑《ふ》を深く病んでおられるようじゃ……。

侍医の表情は暗かった。

おふくはその言葉を夫にも告げず、自分の胸ひとつにおさめていたが、当の業政は誰に言われずとも気づいていた。


（どうやら、わしはそう長くはないようだ……）

病床の業政は、天井を見つめた。

遠く、大広間のほうから笛、太鼓の音が聞こえてくる。

（松囃じゃな）

寝返りを打とうとした業政の喉《のど》から、乾いた咳《せき》が出た。

死ぬことは恐ろしくはない。武者の家に生まれたときから、戦場で果てる覚悟はできている。

ただ、おのれが世を去ったあとの上州のことを思うと、迷いなく道を前へすすんできた業政も、千々に心が乱れた。

(わしが死ねば、箕輪衆の結束は乱れるであろう。婿たちとて、どう心変わりするかわからぬ。甘い餌《えさ》で一揆衆《いっきしゅう》を切り崩すのはたやすかろう)

喉をそらせて高笑いする、敵将武田信玄の姿がまざまざと目に浮かんだ。

(これまで、わしがあくせくと積み上げてきたものは、いったい何だったのであろうか……)

しのび寄る病が、揺るぎない覚悟を持っていた男の心を、かつてないほど脆《もろ》くさせていた。

かつて、業政は河越《かわごえ》夜戦で討ち死にした息子吉業《よしなり》の墓前で誓った。国を豊かにし、民の暮らしを守るために、私利私欲を捨てて与えられた余生のすべてを捧げつくそうと。

だが、その誓いもむなしく、上州は度重なる武田の襲撃を受けている。

(吉業への誓いも、非力な男の描いた夢にすぎなかったのか。わしがすすんできた道は、間違いだったのであろうか……)

業政は病の床で思いをめぐらせた。

もっと早く武田信玄に屈し、その走狗《そうく》となれば、上州の民をいくさに巻き込むことはなかったのかもしれない。たったひとりの男の意地が、多くの民に要らざる血を流させたのだとすれば、これほど罪深いこともあるまい。

どれほど自分が背筋を伸ばし、漢《おとこ》の誇りを叫んだところで、

（世の中は、わしとはかかわりのない大きな力を中心にしてめぐっている。信玄がわしとの決戦を打ち捨て、越後の長尾景虎との勢力争いに血道を上げているのが、その何よりの証拠ではないか。すまぬ、吉業……）

むなしかった。

体が砂の塊となって、手足の指の先から、さらさらと音をたてて崩れだしていくようであった。

ふと、旅に生きた漂泊の歌人、西行法師の和歌が胸に浮かんだ。

わきてみん老木《おいき》は花もあはれなり
　いまいくたびか春にあふべき

わざわざ山奥に分け入って見たくなるほど、歳月を重ねた老木の桜の花は美しく、胸を打つばかりにあわれである。その桜と同じく、知らぬ間に年をとってしまった自分は、あと幾たび、春にめぐり会うことができるであろうか——。

業政は歌の意を自分なりにそのように解釈し、おりにふれて口ずさむことがあった。山

奥で人知れず繚乱《りょうらん》と花を咲かせる桜の老木と、老いたおのれの姿が二重写しになって見えた。

（人の命にはかぎりがある。一生のうちになし得る仕事もまた、おのずとかぎられている。とすれば、この命が残されているうちに、わしは何ごとをなすべきなのか……）

業政は、床のなかでまんじりともせずに、天井の闇《やみ》を見つめつづけた。

二

長尾景虎が京から越後へ帰国したのは、その年、十月二十八日のことである。

すでに越後には初雪が降り、荒波の打ち寄せる日本海をのぞむ妙高山《みょうこうさん》や米山《よねやま》が白く冠雪している。

景虎に従う越後の国衆《くにしゅう》をはじめ、その影響下にある北信濃の諸将は、太刀《たち》を献じて帰国を祝賀した。

「長尾どのは、京の将軍家より関東平定の許しを得たそうだぞ」

「聞くところによれば、上杉憲政さまが長尾景虎を養子とし、関東管領職をおゆずりになるそうじゃ」

「されば、長尾どのが管領に……」

噂《うわさ》が諸国を駈《か》けめぐった。

実質的な力を失ったとはいえ、東国の武将たちにとって、関東管領職とその上に位置する足利将軍家は、いまだ権威の輝きを失っていない。

ために、武田信玄の傘下に属している真田《さなだ》幸隆《ゆきたか》ら東信濃の武将たちまで、帰国をことほぐ太刀を景虎に贈った。

しかし、このとき、武田と対立する長野業政ら上州の武将たちは、景虎の帰国に静観のかまえをとっている。

名目上ではあるが、彼らの指揮権は関東管領上杉憲政にある。憲政が長尾景虎に管領職をゆずるというのは、まだ噂の段階で、あるじの憲政をさしおいて景虎に祝意をのべるというのは筋が通らなかった。

そこで上州の諸将は、越後にいる上杉憲政に太刀を献上し、憲政から祝儀として景虎にその太刀を下賜《かし》してもらうという、いささかまわりくどい方法をとった。

上州侍たちの本音は、

（名目のみの管領になり下がった上杉憲政さまに代わって、知勇兼ね備えた景虎どのが関東管領となり、一日も早く、乱れた関東の秩序を正していただきたい……）

と、景虎の関東出馬を切望している。

武田、北条の圧迫に苦しむ彼らにとって、最後の頼みの綱と言えるのが、長尾景虎の存在であった。

しかし、

（景虎どのは、まことに峠越えをして関東へ兵をすすめる気があるのか……）

上州の者たちは疑心暗鬼になっている。

業政を盟主とあおぐ箕輪衆も、また長尾景虎の動向に神経をとがらせていた。

「舅《しゅうと》どのは、どのように思われる」

業政の娘婿のひとりで、大戸《おおど》城主の大戸左近兵衛《さこんびょうえ》が、箕輪城の対面所で膝《ひざ》を乗り出すようにして業政に聞いた。

このところ、業政は一時の不調が嘘《うそ》のように具合がよく、その顔にも壮者のような血色がよみがえっている。

「そうさのう」

と、業政は目を細め、顎《あご》を撫《な》でた。

業政の回復を聞き、箕輪城には娘婿たちが集まっている。

みな、以前と変わらぬ元気そうな業政の姿を見て、

「何じゃ、義父上《ちちうえ》の病はただの疲れであったのか」

「やはり、義父上あってのわれら箕輪衆じゃわ。あの武田信玄を退散させた義父上の前では、病のほうが恐れをなして逃げていくであろう」

と、一様に胸を撫で下ろした。

だが、じつのところ、業政の回復は見せかけだけのものと言わざるをえない。床についているあいだに、髪は一本残らず真っ白になり、それを隠すために業政は草木を煮出した汁でみずから頭を染めた。頰には女房のおふくから借りた紅をうすく掃《は》き、痩《や》せた体を目立たせぬよう腹には綿を詰めた布を巻いた。

そこまで涙ぐましい努力をしたのは、婿たちの心に動揺を起こさせぬためである。いま、西上野一揆衆のあいだに、

――長野業政重篤
との噂が広まれば、ひとつに結束していた者たちの足並みが乱れるだけである。それだけは、何としても避けねばならなかった。

「わしは、景虎どのを信じる」

業政は娘婿たちを見渡し、重みのある声でゆっくりと言った。

「何ゆえ、そのように思われます」

羽根尾《はねお》城主の羽尾修理亮が大きな目をぎょろつかせた。

「理由はただひとつ、あの御仁《ごじん》が信ずるに足るお方だからじゃ」

「さりながら、義父上。長尾景虎はもともと、この関東には縁もゆかりもなき男。われら

を助けるために、わざわざ何の得にもならぬ遠征をおこなうものでござろうか」

修理亮の言葉に、

「長尾どのとは、そのような男よ」

業政は微笑《わら》った。

「一文の得にもならぬ大義、おおやけのために、おのれの命を懸ける。たった一度会っただけだが、わしは長尾どのを、この乱世において稀有《けう》な信念の持ち主と見た。さればこそ……」

と言いかけた業政の胸に、豁然《かつぜん》とひらけるものがあった。

(そうじゃ。さればこそ、わしはあの男に賭《か》けてみようと思った。京の将軍も、わしと同じものを見たからこそ、長尾景虎に関東管領の職を任せようと思ったのではないか……)

そのように考えると、病んだ身に、にわかに気力がよみがえってきた。

自分の残り少ない命は、あの長尾景虎という男に、関東の行く末を託すためにこそあるのではないか。

景虎を信じて、信じて、信じ抜き、おのれの生きざまを命がけで示すことが、自分のできる最後の戦いである。

(景虎は来る)

その日まで、

（わしは、この身に鞭《むち》打ち、どこまでも駈けつづけてくれよう……）

業政は決意をかためた。

三

翌永禄三年、正月二十九日——。

長野業政は箕輪城の大広間で、戦備《いくさぞな》えの評定をおこなった。

大戸左近兵衛、木部《きべ》宮内少輔《くないのしょう》、羽尾修理亮をはじめとする箕輪衆、藤井《ふじい》豊後守《ぶんごのかみ》、上泉信綱《かみいずみのぶつな》らの重臣たち、さらに小串善七《おぐしぜんしち》、泉賀《せんが》市之助《いちのすけ》、中山門蔵《なかやまもんぞう》、飯野《いいの》源八《げんぱち》、清見《きよみ》幸四郎《こうしろう》、岡崎《おかざき》定之進《ていのしん》、島田《しまだ》平蔵《へいぞう》、稲荷山定市《いなりやまじょういち》、本木《もとき》九左衛門《くざえもん》、草辺《くさべ》勘兵衛《かんべえ》、城田善左衛門《じょうでんぜんざえもん》、宮路《みやじ》兵左衛門《へいざえもん》など支城の将士ら百六十余人が一堂に会した。

肺腑《はいふ》の病は相変わらず良好とはいえなかったが、業政は体の不調を気力でおぎない、男たちの前に意気軒高《けんこう》たる姿をみせた。

「甲斐《かい》へ放っていた草《くさ》ノ者《もの》から報《しら》せが届いた。年明け早々、武田信玄は再度の上州入りの軍令を発したとのことじゃ。ほどなく、武田勢が大挙して押し寄せてまいるであろう。おのおの、覚悟はよいな」

業政の言葉に、

「おうさッ！」

「武田の者どもに、いま一度思いしらせてくれましょうぞ」

「上州武士の前に、甲斐の腰抜けなど敵ではございませぬわ。やつら、またしても尻尾を巻いて逃げ出してゆくに相違ござらぬ」

男たちは口々に声を上げた。

先年の勝利が、彼らの気を大きくさせている。業政の懸念《けねん》は、まさしくその気の緩みにこそあった。

「みな、思い違いしてはならぬぞ。さきのいくさでは、われらはたんなる幸運で敵をしりぞけたにすぎぬ。武田騎馬《きば》軍団は、掛け値なしに強い。決死の覚悟であたらねば、われらに勝利はない」

業政は喉の奥から、緊張感のみなぎる声を絞り出した。

「それにいまひとつ。こたびの敵は、武田だけでない。時を同じゅうして、北条も動くとの情報が届いている」

「それはまことにござりますか、義父上」

羽尾修理亮の問いに、

「まことじゃ。われらが武田の大軍を迎え撃つ、その背後を衝《つ》こうというのであろう」

業政は表情を厳しくして言った。

「北条までやって来るのか」

「武田と北条、二方向からの大軍に挟まれたら、われらはいったいどうなるのじゃ」

さきほどまでの前向きで戦闘的な雰囲気とは打って変わり、男たちのあいだに動揺が広がった。

恐れおののき、ざわめく一同を、

「みな、静まれいッ！」

業政は一喝《いっかつ》した。

「上州武士の前に武田など敵ではないと申したのは、どこの誰だ。大軍を向こうにまわしたとて、いささかも怯《ひる》まぬのが上州の漢ではないか。戦う前から臆病風《おくびょうかぜ》に吹かれて何とする」

「しかし、義父上。相手は甲信と関東にそれぞれ覇《は》をなす、武田と北条でございますぞ。いかに義父上とて、こたびばかりは勝算がございますまい。上州武士の意地だけでは、どうにもならぬこともござろう」

剛直者の羽尾修理亮が、めずらしく気弱なことを言った。

「いや、勝算はある」

業政は言った。

「義父上お得意の秘策を用いるのでございますな」

修理亮が思わず身を乗り出した。

「お聞かせ下され。二方向の強敵を、いかにして手玉に取るのか」

「秘策などというものはない」

業政はゆっくりと一同を見渡した。

「西から来襲する武田軍を受けて立つのは、安中《あんなか》城の安中忠成《ただなり》。東より攻め寄せる北条軍にあたるは、倉賀野《くらがの》城の倉賀野左衛門五郎。そのほかの者は二手に分かれ、両城の援護にまわることとする。さらに……」

「お待ち下され」

業政の言葉をさえぎるように、安中忠成が声を上げた。

「大軍を相手に、ただ耐えしのいでいるだけでは、やがて力尽きる時がやってまいりましょう。後詰《ごづめ》も、西上野一揆衆の兵力を二手に割《さ》くだけではたかが知れております。このままでは、われらに犬死にせよと言っているも同じではござらぬか」

「われらは死力を尽くして戦う。おのが故郷の土地は、おのが力で守る。それでも、守りきれぬときは……」

「そのときは？」

安中忠成、羽尾修理亮をはじめ、男たちは固唾《かたず》を呑《の》んで盟主たる業政の次のひとことを待った。

「ひたすら、春を待つ」

「春を……」

「山々の雪が解け、三国《みくに》峠、清水《しみず》峠が通れるようになれば、山のかなたの越後から助けが到来する」

「越後でございますと」

安中忠成が聞き返した。

「それは、越後の長尾景虎どのが、峠を越えてわれらの加勢にやって来るということでございますか」

「しかり」

業政は深くうなずいた。

「関東管領上杉憲政さまを奉じ、長尾景虎どの関東へ出馬なされる。武田、北条の攻撃に耐え、春を待てとの書状が、昨々日、春日山城よりわがもとへ届いたばかりよ」

「おおッ！」

男たちがどよめいた。

「いよいよ長尾どのが来るか」

「この日を待っておった」

「地獄で仏とはこのことじゃ。やきもきさせおって……」

みなの顔に安堵の色が広がった。

なかには感きわまり、鼻水をすすり上げている者もいた。

上州武士の意地をつらぬくため、武田軍と肩をそびやかすようにして対峙《たいじ》しながらも、その一方で、明日なき戦いに言い知れぬ不安をおぼえていたのも事実である。

「峠の雪が解けるまで、歯を食いしばって耐え抜けばよいのでございますな」

倉賀野城の倉賀野左衛門五郎が、真っ暗闇《くらやみ》に射《さ》し込む一筋の光明にすがるような目をして業政を見た。

「そうじゃ」

業政はうなずいた。

「いましばらくの辛抱ぞ」

「わかりました。その日が来るまで、倉賀野城の将士一丸となって、北条勢を防ぎつづけまする」

「われら安中城の者も、身を張って武田の侵略を防ぎまする」

倉賀野左衛門五郎、安中忠成につづき、羽尾修理亮、大戸左近兵衛、木部宮内少輔ら一座の者たちが、われもわれもと円座を蹴《け》って立ち上がった。

もともと意気に感じやすい上州の男たちの血潮が、一挙に熱くなった。

安中忠成が拳《こぶし》を突き上げ、

「えいえい、おう」

と、雄叫《おたけ》びを上げた。

それに和し、

「えいえい、おう」

「えいえい、おう」

男たちの叫びが山津波《やまつなみ》のように、大広間を埋めつくしていく。

業政も立ち上がり、ともに拳を突き上げた。

満座の熱気を見ているうちに、ふと目頭が熱くなった。

(貴殿を信じておりますぞ、景虎どの……)

業政は胸のうちでつぶやいた。

四

武田信玄が上州へ五度目の侵攻を開始したのは、その年二月のことである。

碓氷峠《うすいとうげ》を越え、上州へ入った武田軍一万二千は、城主安中忠成が立て籠《こ》もる安中城をかこんだ。

「みな、耐えて耐えて耐え抜けッ！　越後から援軍が来るまでの辛抱ぞ」

安中忠成は将士を励まし、必死の防戦につとめた。

これに対し、あらかじめ長期戦を覚悟して戦いにのぞんだ信玄は、安中城に二千の手勢を残し、主力一万をひきいて長野業政のいる箕輪城へせまった。

城の本丸の櫓《やぐら》から見下ろすと、色とりどりの旗指物《はたさしもの》を押し立てた軍勢が、雲霞《うんか》のごとく地上を埋めつくしている。

そのなかには、敵将信玄の諏訪《すわ》神号《しんごう》の軍旗もある。業政の旧友、真田幸隆の六連銭《むつれんせん》の旗をみとめることもできた。

（華やかな眺《なが》めじゃ……）

これが、生涯最後の大いくさになるかもしれぬと思うと、向こうにまわす大軍勢が、おのが人生を飾る何よりの餞《はなむけ》のようにも見え、かすかな痺《しび》れにも似た感情が、藤糸威《ふじいとおどし》の具足《ぐそく》をまとった業政の背筋を駈けのぼった。

持久戦をもくろんでいる武田信玄は、城を包囲したまま、みずからはなかなか仕掛けてこない。

城内の兵糧《ひょうろう》、武器弾薬が尽きるのを、根気強く待つという腹づもりであろう。そのために、今回の遠征では、武田軍は本国から大量の兵糧を用意してきている。

上州方に兵站《へいたん》を断たれぬため、諸方に素ッ破《すっぱ》を放ち、箕輪衆の動きに神経を研ぎすませてもいた。過去四度の上州攻めの失敗から、信玄は多くを学び、今回は隙《すき》のない作戦を練り上げている。

「敵ながら、あっぱれなものよ」

むろん、業政もただ貝のごとく城内に閉じこもっているだけではない。

春とはいえ、箕輪城の周囲の木立には、まだ雪が消え残り、夜ともなれば寒気が肌を刺すようである。野営をつづけている武田軍の兵たちには、この寒さは身にこたえるものと思われた。

業政は深夜、城門をひらいて上泉信綱らの精鋭部隊を出撃させ、寒さにこごえる武田陣の寝込みを襲わせた。

作戦は功を奏し、武田方に少なからぬ死傷者が出た。

こうした夜襲を何度か繰り返すうちに、武田の将たちのあいだに苛立《いらだ》ちがつのり、

「お屋形《やかた》さまッ！　このままでは、いたずらにお味方の被害が重なっていくだけにござる。一気に攻めかかり、小癪《こしゃく》な上州侍どもを揉《も》み潰《つぶ》してくれましょうぞ」

と、軍議の場で信玄に総攻めを進言するようになった。

この意見に真っ向から異論をとなえたのが、箕輪城と城主の業政をよく知る真田幸隆だった。

幸隆は血走った目で、名だたる武田の重臣を睨《にら》み、

「城方の挑発に乗ってはなりますまいぞ。あれは、業政の手にござる。うかつに仕掛けれ

ば、どのような罠《わな》を用意しておるやもしれませぬ」

と言った。

それでもなお、決戦論がその場を支配したが、大将の信玄自身が真田幸隆の意見を支持した。

「わしも、幸隆の申すとおりであると思う。焦《あせ》ったとて、こちらには何の得もない。包囲をつづけ、敵が音《ね》を上げるのを待つのが最良の策じゃ」

床几《しょうぎ》にどっかと腰をすえた信玄は、揺るぎのない声で言った。

武田軍の箕輪城包囲は、それから二月《ふた》つづいた。ふと気づけば、樹々が芽吹き、榛名山《はるなさん》が新緑につつまれる季節になっている。

そのころになると、信玄の上州攻めのようすを慎重に見守っていた北条方が、満を持して動きだした。

「武蔵鉢形《むさしのはちがた》城主、北条氏邦《うじくに》を大将とする一万の軍勢が北上。倉賀野城へとせまっております」

湛光風車《たんこうふうしゃ》が報告した。

「ついに動きだしたか」

業政は天を睨んだ。

北条は武田と連携し、上州を東西で折半する密約をかわしているのであろう。

「父祖の血と汗が沁《し》み込んだ上野の土地が、ましてや人の心がふたつに割けるかやッ！」

大勢力に対する反骨心が、老いた身のうちでふつふつとたぎった。

「倉賀野城の倉賀野左衛門五郎のもとへ援軍を送りたいが、このありさまではわしは身動きできぬ。木部《きべ》城の木部宮内少輔、和田《わだ》城の和田業繁《なりしげ》のもとへ走り、二百なりとも、三百なりとも、倉賀野城へ兵を差し向けてくれるよう伝えてまいれ」

「承知つかまつりました」

湛光風車が両城へ使いに走った。

籠城《ろうじょう》が二月の長きにおよび、さらに北条軍侵攻の情報が流れると、ひとつに結束していた箕輪城の城兵たちのあいだにも、しだいに動揺が広がりだした。

「殿は耐えよと仰せになっているが、越後の長尾景虎はまことに山を越えて関東へ来援してくれるのか」

「そろそろ、峠の雪も解けるころではないか。越後勢は何をしている」

ひたすら援軍を頼みにして耐えてきただけに、新緑の季節を迎えても、長尾景虎がいっこうに腰を上げる気配をみせないことに、兵たちはそろそろ不審の念をおぼえはじめている。

藤井豊後守ですら、

「殿、われらは欺《あざむ》かれたのではございますまいか。そもそも、関東とは縁もゆかりもない長尾景虎どのが、人助けのために出陣するなど、話がうますぎましょう」

と、心が揺らいでいる。

「そなたまでが何を申す」

業政は豊後守を叱《しか》りつけた。

「景虎どののもとには、関東管領上杉憲政さまがおわすではないか。憲政さまも、関東ご帰還を公言なされている。いまさら、景虎どのが約束をたがえるはずがない」

「しかし、遅うございます」

豊後守が悲鳴に近い声を上げた。

「このままでは、蔵の兵糧がいつまでもちますやら……。それ以上に、兵たちの士気の低下が案じられます」

「とにかく、待ちつづけるのだ」

それ以外、業政にもこれといって打つ手がない。

上杉憲政のもとへは、むろん窮状を訴える使者を矢のように送っている。憲政からはそのたびに、

「武田、北条に両面から攻め立てられているそのほうどもの苦境はようわかっている。さりながら、長尾景虎はいま、武田と結んだ越中富山城主の神保《じんぼ》良春《よしはる》を討伐せんがため、北

陸へ出陣中だ。そちらが片付けば、必ず関東入りの約束を果たすと、心強い言葉をもらっている。いましばし、待て」

と、判で押したような同じ返事を繰り返すばかりだった。

（山の向こうの越後、いや越中はあまりに遠い……）

家臣たちの前で態度には出さぬが、さすがの業政も気が滅入《めい》った。

そのあいだにも、戦況は悪化しつつある。

北条勢に包囲された倉賀野城は、三ノ丸、二ノ丸を陥《お》とされ、本丸のみで戦っていたが、総攻撃にあって開城。倉賀野左衛門五郎は城を出て降伏した。

勢いに乗った北条勢は、業政と結ぶ惣社《そうじゃ》長尾氏の持ち城である厩橋《まやばし》（前橋）城への攻撃を開始した。

五

籠城五ヶ月を越え、箕輪城の兵糧もしだいに底を尽きはじめた。

「殿ッ！　一刻も早く兵糧入れをなさらねば、兵たちが飢え死にしまするぞッ」

藤井豊後守が、必死の形相《ぎょうそう》で業政に詰め寄った。

「わかっておる」

業政は無表情のまま言った。

「城内の矢弾も尽きかけております。このままでは、いたずらに落城のときを待つばかりにございます」

日ごろは冷静沈着な上泉信綱も、さすがに顔色を変えている。

唯一の頼みの綱である長尾景虎からは、いまだ関東に出馬するとの返答がない。

越後にいる上杉憲政のもとへも、湛光風車らを密使として差し向けているが、救援軍がいつまでに峠越えをするとの確たる答えを引き出せずにいた。

「それがしが越後へおもむき、管領さまに窮状を直訴してまいります」

上泉信綱が血走った目で業政を見た。

もう何日も寝ていない。

それは、藤井豊後守らほかの家臣たちも同じことで、空腹と苦境を打ち破る手立てのない明日なき籠城戦が、彼らの心を極限まで追い詰めていた。

「もうしばし、待て」

業政は、凝然《ぎょうぜん》と瞳《ひとみ》を虚空《こくう》にすえている。

「景虎どのは必ず来る」

「そのお言葉、何度、聞きましたことか。われらはすでに、十分過ぎるほど待ちつづけております」

「信綱。そのほう、あるじのわしの言葉を信じられぬと申すか」

業政はかすかな哀愁を含んだまなざしを、上泉信綱に向けた。

「けっして、さようなわけではございませぬ。されど……」

「うろたえるな」

業政は低いが、聞く者を圧倒せずにおかぬ迫力のある声を発した。

「いまは苦しいであろうが、このわしを信じてくれ。城は、内から崩れはじめたときに、あっけなく落ちるものだ」

「殿……」

何かを覚悟したような業政の静謐《せいひつ》なたたずまいに、上泉信綱も、藤井豊後守も、それ以上の言葉を失って従うしかない。

その夜――。

業政は一睡もできなかった。

胸が苦しい。横になっていると、破れ紙をたたくような咳がとまらない。

あまりの苦しさにいてもたってもいられず、寝床から這《は》い起きて土壁にもたれると、ようやく噴き上げるような咳の発作がおさまってきた。

人前ではおくびにも出さないが、業政も気持ちの揺らぎがないといったら嘘になる。

長尾景虎を信じていないわけではない。

だが、景虎自身に関東出馬の意志があっても、周囲の状況がそれを許さなければ、どうすることもできないのではないか。

誰を恨むでもない。

（これが、わしの天命か……）

肩をふるわせて咳をしたとき、部屋の杉戸が音もなくするりと開いた。

「誰だ」

業政は闇を見つめた。

「わたくしでございます」

低く押し殺した女の声がした。

「………」

「お忘れでございますか」

「風花《かざはな》か」

「はい」

「まだ男に立ち交じり、武田の軍勢に加わっておったか」

業政は痩せた体を隠すように、小袖の上に掻巻《かいまき》を引き掛けた。

「そうではございませぬ」

「ならば、なぜ来た」

「胸を病んでおいでなのですね」

風花が言った。

「わしが病と知れば、信玄はさぞ喜ぶであろうな。さっそく、注進いたすか」

「業政さま」

闇のなかから、女の白いつま先が板床を踏んで近づいてきた。

「いまからでも遅くはございませぬ。武田軍に降参なさいませ。あなたさまほどの将、お屋形さまは名を惜しんで、配下の一手にお加え下さりましょう」

「わしに、上州武士の誇りを捨てよと申すのだな」

「誇りにこだわっていては、生きていけますまい。げんに、信濃先方衆《さきかたしゅう》の真田幸隆さまも……」

「わしと真田は行く道がちがう」

「どれほど待っても、長尾景虎はまいりませぬよ。やはり、あの男は梟雄《きょうゆう》の血を引く者にございます」

「信玄に、そのように言えと命じられたか」

「いいえ……。わたくしは、あなたさまの御身を案ずればこそ……」

風花の声が震えていた。

あるいは、泣いているのかもしれない。だが、業政はあえて、その顔を見ようとしなかった。女の涙を見れば、おのれを支えてきたものが脆く崩れそうな危うさを、業政は感じている。

「そなたの真心、ありがたく受け取っておこう」

「どうあっても、お聞き入れ下さらぬのでございますか」

「愚《おろ》か者と謗《そし》られてもよい。わしは死ぬまで、おのが信念をまっすぐにつらぬきとおした

いのよ」

「わたくしは……」

風花の手が、業政の骨張った手をつかんだ。

あっと思う間もなく、女のやわらかい唇《くちびる》が、業政のそれに重ね合わされた。

「もっと早くお会いしたかった、あなたさまに」

頰に吐息《といき》がかかった。

「わしもだ、風花」

業政は慈父のごとく笑い、肩にかかる女の黒髪を撫でた。

遠くで、潮騒《しおさい》のように笹《ささ》の葉が鳴る音がした。

武田軍に包囲された箕輪城が、落城の危機に瀕《ひん》しているころ——。

越後春日山城には、煌々《こうこう》と篝火《かがりび》が焚《た》かれ、荷車、人の行きかう足音、馬のいななきで騒

然としていた。

「景虎さまが、いよいよ関東遠征の軍令を発せられたぞッ！」

越中攻めから越後へ帰還した長尾景虎は、関東出陣の準備を着々とすすめ、満を持して行動を開始した。

「出陣じゃ」

側近の、

荻原掃部助《おぎわらかもんのすけ》

直江景綱《なおえかげつな》

吉江景資《よしえかげすけ》

を奉行として、留守をつとめる諸将に掟書《おきてがき》を発布。狼藉《ろうぜき》の厳禁、春日山城の普請《ふしん》、北信濃の警備などを命ずると、みずからは城内の毘沙門堂《びしゃもんどう》に籠もり、軍神毘沙門天に戦勝祈願の祈りをささげた。

八月二十九日——。

長尾景虎は関東管領上杉憲政を奉じ、一万五千の軍勢とともに春日山城を発した。

清澄《せいちょう》な秋の陽射《ひざ》しに、

「毘」

の旗が翩翻《へんぽん》とひるがえった。

六

――長尾景虎、春日山城を進発す。

の報は諸国を駈けめぐり、苦しい籠城戦をおこなっている箕輪城にも届いた。

「殿ッ！」

藤井豊後守が泣き笑いしている。

気力、体力ともに尽きかけていた将士たちは、抱き合って喜びあい、城中は勝ちいくさのような大騒ぎになった。

「みな、騒《わ》ぐでない。まだ、戦いは終わったわけではないぞ」

業政は、沸き立つ家臣たちを見渡して言った。とはいえ、業政自身の胸にも、押さえようのない熱い思いがひたひたと込み上げてくる。

関東管領上杉憲政を奉じた長尾勢が三国峠を越え、北上野の要衝沼田《ぬまた》の地に姿をあらわしたのは、上越国境の山々が紅葉に彩られはじめた九月上旬のことである。

沼田城の城将は、北条孫次郎康元《まごじろうやすもと》。北条氏の有力一門、綱成《つなしげ》の次男である。

沼田城攻めは、その後、生涯にわたってつづく長尾景虎の関東出陣を飾る、最初の戦いとなった。

「運は天にあり、鎧《よろい》は胸にあり、手柄は足にある。何時も敵を掌中に入れて合戦すべし、疵《きず》つくことなし。死なんと戦えば生き、生きんと戦えば、必ず死するものなりッ！」

景虎は眦《まなじり》を決して叫び、兵たちを奮い立たせた。

乱れた関東の秩序をただす、

——義の戦い
という景虎の揺るぎない信念が、山を越えてきた長尾軍の兵たちの士気を極限まで高めている。

沼田城を包囲し、攻め立てること半月。

諸曲輪《くるわ》を陥《お》とされ、本丸に追いつめられた北条孫次郎は、城を明け渡し、本拠の相州《そうしゅう》小田原へ引き揚げた。

沼田開城と時を同じくして、関東になだれ込んだ長尾勢は、吾妻《あがつま》郡岩下城、碓氷郡明間《あきま》城と、北条方の属城を次々と攻め落としていった。

景虎は勢いに乗って、さらに南下。

厩橋城に入り、ここを関東平定の最大拠点と定めた。

この長尾景虎の破竹の快進撃に、箕輪城包囲の陣にあった武田信玄は、上州から一時撤退する方針を決めた。

「なにゆえでございますッ、父上。箕輪城陥落まで、あと一歩でございます。城方は兵糧、武器弾薬も尽き、もはや抵抗する気力さえ失っておると申すに……」

信玄の嫡男義信《ちゃくなんよしのぶ》が、撤退の方針に異を唱えた。

これに対し、信玄は、

「愚か者め。いくさというは、時の勢いを冷静に見定めねばならぬ。われらが箕輪城攻めにこだわっているあいだに、長尾勢に兵站の道を断たれたら何とする。景虎はいま、勢いに乗っておる」

茫洋《ぼうよう》と、かなたに視線を向けて言った。

「さりながら……」

「景虎と雌雄を決する機会は、いずれめぐってこよう。それまでわれらは、関東出陣で守りが手薄になった、長尾方の北信濃の諸城を侵しておればよい」

信玄は景虎との決戦を急がず、長尾と北条が嚙《か》み合っているあいだに、実利を取る道を選んだ。現実主義に徹する信玄らしい選択である。

九月下旬、武田軍は箕輪城の包囲を解き、本国甲斐へ撤退していった。

すんでのところで落城の危機をまぬがれた業政は、上泉信綱をともない、管領上杉憲政への挨拶《あいさつ》と、長尾景虎に関東出陣の謝意をのべるために厩橋城へ向かった。

久々に、馬を走らせた。

風が心地よい。

敵が去ったあとの広闊《こうかつ》とした野を駈けていると、胸の病の苦しさも忘れ、体じゅうに壮気がよみがえってくるようだった。

「榛名山が美しいのう」

「はい」

「われらは、生きておるのう」

「はい」

「生きておればこその、山野のみずみずしさ、川の流れの清らかさであることよのう」

かたわらに馬を並べる信綱にではなく、おのれの心に呼びかけるように業政はつぶやいた。

若いころから日々、見慣れた榛名山の稜線《りようせん》が痛いように目に沁みた。

(生きている、わしは……)

枯れるからこそ花は美しい。かぎりあるからこそ、命はいとおしい。

その思いを、この世の名残にふたたび胸に深く刻みつけさせてくれた長尾景虎に、いまは伏して礼を言いたい気分であった。

厩橋城をおとずれた業政は、まず上杉憲政に会った。

「わしは景虎に、関東管領職をゆずるつもりじゃ」

憲政が言った。

「それは……。まことにございますか」

業政は驚いて目を上げた。

「うむ」

上杉憲政はうなずき、

「わしには管領として、この関東を治めていく器量がない。無能な棟梁をいただくことは、そなたたちにとっても、民にとっても不幸なことであろう」

と、淡々とした口調で言った。

「管領さま……」

「私心を離れ、おおやけのために関東へ出馬する景虎を見ていて、わしも心に感ずるところがあった。大器量の者に後事を託すことが、わしの最後にして最大の役目じゃ」

「このこと、景虎どのにはすでに……」

「景虎を養子となし、上杉家累代の系譜、宝物、すべてゆずり渡すと告げてある」

「そこまでご覚悟をなされておられましたか」

業政はあらためて、見直すような目つきで憲政を見た。

「覚悟を決めるのが、いささか遅すぎたかもしれぬがのう」

重すぎる荷を背負いつづけてきた貴人の目に、うっすらと光るものがあった。

上杉憲政に謁見《えっけん》したあと、業政は長尾景虎との再会をはたした。

かつて越後で会ったときより、景虎は一回りも二回りも大きくなったように見えた。

「ようやく、そなたとの約束を果たすことができた。苦労をかけたな」

景虎が、業政の労をねぎらうように言った。

「あやうく、城を枕に討ち死にするところでございましたわ」

「すまぬ」

「何の」

業政は笑った。

「長尾景虎どのはやはり、わしの見込んだとおりの御仁にござった」

「最後まで関東出馬を逡巡《しゅんじゅん》していたわしの背中を押してくれたのは、業政どの、そなただ。そなたの民を思う心、強大な敵にも怯《ひる》まぬ姿勢が、わしの心から迷いを拭《ぬぐ》い去った。礼を言うぞ」

「恐悦至極《きょうえつしごく》に存じます」

「わしは上州にて越年し、来春早々、相州小田原へ兵をすすめる」

「おお……」

「付いてきてくれような」

「かくなるうえはこの業政、長尾どのと心中する覚悟。どこまでも、どこまでもお供つかまつりますわい」

業政は感動にうちふるえつつ、深々と頭を下げた。

七

上州入りした長尾景虎は、関東の諸将に檄《げき》を飛ばし、

「関八州《かんはっしゅう》に義の旗を樹《た》てんと思わん者は、わがもとへ来たれッ！」

と、呼びかけをおこなった。

北条軍の侵攻に苦しめられていた諸将は、先を争うように厩橋城に参陣。

上野国の白井《しらい》長尾氏、惣社《そうじゃ》長尾氏、下野《しもつけ》国の足利長尾氏ら長尾一党をはじめ、常陸《ひたち》国の佐竹義昭《さたけよしあき》、武蔵国内の岩槻《いわつき》城主太田《おおた》資正《すけまさ》、忍《おし》城主成田《なりた》長泰《ながやす》、羽生《はぶ》城主広田式部大輔、深谷《ふかや》城主上杉憲盛《のりもり》ら、上野、下野、常陸、武蔵、安房《あわ》、上総《かずさ》、下総《しもうさ》の七ケ国二百五十五将、越後勢とあわせて十一万五千の大軍が、景虎のもとに集結した。むろん、そのなかには長野業政ひきいる箕輪衆もいる。

翌永禄四年三月——。

長尾景虎は、越後、関東の混成軍をひきいて出陣。

白綾《しらあや》の烏帽子《えぼし》をいただき、浅葱色《あさぎいろ》の肩衣を黒糸威《くろいとおどし》の具足の上につけて、采配《さいはい》を振るうそ

の姿は、

「軍神毘沙門天が、地上に降臨したもうたか」

と、兵たちの士気をいやがうえにも高めた。

景虎のもとに雲霞のごとき大軍が従っていることを知った北条氏康《うじやす》は、

「まともに戦ったとて、とてもいくさにならぬ」

と、河越《かわごえ》城ほか二、三の重要拠点を残して、支城の将兵を小田原に撤収。籠城策をとる方針を決めた。

これにより、長尾景虎の進むところ無人の野をゆくが如《ごと》しとなった。

「待ちつづけた甲斐がございましたな」

業政の後ろから馬を進める上泉信綱が言った。声がはずんでいる。このような高揚感は、かつて経験したことがない。

思いは業政も同じであった。

「夢じゃな」

「夢……」

「かような光景、わしは何度も夢に見たことがあった。よもや、現実《まこと》のものとなろうとは」

このまま死んでもよいとさえ、業政は思った。

この夢の如き一瞬を味わうために漢は生まれ、泥と汗にまみれて必死にあがきつづけているのではないか——。

武蔵の野を南下した景虎軍は、北条氏の本拠小田原城がある相模国《さがみ》へ入った。

三月十三日、大磯近くの高麗山《こま》に本陣を置いた景虎は、ここを足掛かりに小田原城攻めを開始した。

酒匂川《さかわ》を押し渡り、城下になだれ込んだ軍勢は、町屋に火を放って焼き払い、北条氏康の籠もる小田原城を十重二十重《とえはたえ》に包囲した。

城方もまた、土塀の狭間や櫓の上から矢弾を放って応酬する。兵たちの喊声《かんせい》が地を揺るがすように響き、立ちのぼる焔硝《えんしょう》の煙が天をおおいつくした。

攻城一ヶ月——。

両軍に多数の死傷者が出たが、難攻不落をうたわれる小田原城はびくともしない。この間、北条氏康と同盟を結ぶ武田信玄が、景虎の不在の隙を衝くように信濃へ進出。同時に、越中の一向《いっこう》一揆が越後を脅《おびや》かしはじめた。長陣によって、遠征軍の兵糧も枯渇《こかつ》しはじめている。

このさまを見た長野業政は、

「そろそろ、引き揚げどきでござりましょうぞ」

高麗山の本陣へ足を運び、景虎に進言した。

「まだ、北条氏は健在だ。関東の秩序も回復しておらぬ」

景虎は城攻めにこだわった。

しかし、業政は、

「北条は健在なれど、われら関東の武者ばらの心には、みずから立ち上がって大きな敵と戦う誇りがよみがえってござる。そうさせてくれたのは、ほかならぬ景虎どのじゃ」

「業政どの……」

「ここから先は、われらの戦い。景虎どのには、景虎どのの戦場《いくさば》がござろう」

壮者のごとく頬に血の色を立ちのぼらせた老将業政の目には、もはや迷いや恐れはなかった。

閏《うるう》三月中旬、長尾景虎は全軍に退却を命じ、鎌倉へ向かった。

鶴岡八幡宮《つるがおかはちまんぐう》の神前で、関東管領就任の儀式をおこなうためである。

将軍足利義輝より許された網代《あじろ》の輿《こし》に乗った景虎は、供の者に朱柄《しゅづか》の傘《かさ》をかかげさせ、毛氈鞍覆《もうせんくらおおい》をつけた葦毛《あしげ》の馬を曳《ひ》かせて、八幡宮の参道を粛々《しゅくしゅく》と行進。

長野業政ら関東の諸将は、沿道に居並んでこれを迎え、神前でみなが頭《こうべ》を垂れて武運長久の祈願をおこなった。

景虎の関東管領就任は、諸将から推戴《すいたい》されるという形をとり、その継承の正統性を確保。

上杉憲政の養子となり、

——上杉

を称するようになった景虎は、同時に養父憲政の政の字をもらって、名も政虎《まさとら》とあらためた。

（上杉政虎……。よき名じゃ）

その儀式を諸将の最前列に立って眺める皺《しわ》深い業政の頰を、我知らず、ひとすじの熱い涙がつたい落ちた。

ここから先は、後日談になる。

関東管領となった上杉政虎は、その後、輝虎《てるとら》、さらに謙信《けんしん》と改名。救いをもとめる者があれば峠を越えて駈けつけ、越後と関東のあいだをたびたび往復。彼の理想とする義を、生涯にわたって追いもとめつづけた。

上野箕輪城主長野業政は、鶴岡八幡宮での政虎の関東管領就任の雄姿《ゆうし》を見届けたあと、そこで燃え尽きたように病の床についた。

跡取りの業盛は、このとき十四歳。あとに残していくには、あまりに心もとない若さである。

未練がない、と言えば嘘になる。

だが、

（今生《こんじょう》で、わしはやれるだけのことはやり尽くした。のう、吉業《よしなり》……）

業政は胸のうちで死んだ長男吉業に語りかけた。

（そなたとの約束が果たせたかどうかはわからぬ。わしのしたことは、大海に小石を投げ込んだにすぎなかったかもしれぬ。だが、わしは大勢力の武田、北条を前に一度も逃げ出さず、屈しなかった。小さき者の誇りを貫いた。それだけはほめてくれ、吉業……）

業政の目尻に涙がにじんだ。

業政は、最期《さいご》のその日まで、気分のよいときは女房のおふくや側室たち、病床に駆けつけた娘たちと言葉を交わし合い、ときに軽口をたたいてみなを笑わせた。

業政が世を去ったのは、鶴岡八幡宮の晴れやかな儀式からわずか三ヶ月後の、永禄四年六月二十一日のことである。

享年六十三。

実相院殿一清長純大居士《じっそういんでんいっせいちょうじゅんだいこじ》と諡《おくりな》され、曹洞宗《そうとうしゅう》長純寺の裏山に葬られた。

臨終にさいし、業政は藤井豊後守を枕元に呼び寄せ、みずからの死をかたく秘すように言い残した。

しかし、度重なる武田軍の侵攻を退けつづけた業政の死は、翌年秋には信玄の知るところとなった。

信玄は、ふたたび西上野経略に執念を燃やし、大軍をもって箕輪城に攻めかかった。これに対し、新当主業盛は、重臣の藤井豊後守、上泉信綱らにささえられながら、一致団結して武田軍の猛攻をしのぎつづけた。

業政の死から五年後の永禄九年、苛烈《かれつ》な攻防戦のすえ、箕輪城はついに落城。上州武士の誇りを最期まで守り抜いた業盛は、十九歳の若さで自刃《じじん》して果てた。

いま箕輪城の壮大な城跡に立つと、強大な敵にも臆せず、逃げず、果敢に立ち向かっていった長野業政という漢の生きざまが、惻々《そくそく》と胸にせまってくるようである。

あとがき

長野業政《ながのなりまさ》を小説にすることは、私の長いあいだの夢であった。

歴史小説を志した駆け出しのころ、関東の城を調べていて出会ったのが業政であった。戦国一の騎馬軍団をひきいる武田信玄の侵攻を受け、滅亡の危機に瀕《ひん》しながらも、業政はその知謀をもって幾度となく武田軍を撃退した。

胸のすくような、爽快《そうかい》な話ではないか。

いつか必ず、この男を書きたいと思っていた。その夢が、ようやく実現した。

長野業政が武田軍と戦ったのは、彼の晩年であり、年もすでに六十前後になっていた。人生五十年と言われた時代だから、いまの七、八十歳と思ったほうがいいであろう。老いた身には、苛酷な戦いであったはずだ。巨大資本の進出に立ち向かう、知恵と侠気に溢《あふ》れたエネルギッシュな商店街のリーダー。私の胸の内で徐々に膨らんできたのは、そんな男の像だった。

私は業政を色気のある男として描いたが、じっさいのところはどうだったのだろうか。

十二人もの娘を作り、五十近くなってから跡取り息子の業盛《なりもり》をもうけたところを見ると、たんなる枯れた老人でなかったことは間違いない。

現代は、生きにくい時代である。

たとえ弱小勢力といえども、巨《おお》きな相手の理不尽には、誇りをもって戦いを挑んでゆく。

そんな長野業政の姿が、いささかでも読者の方々の励みになったならば、筆者としてこれほどの幸せはない。

火坂雅志

解説

この男、烈風のごとく駈ける

高橋敏夫

上州へ。
烈風の吹きすさぶ地へ――。

「昭和四年の冬、妻と離別し二児を抱へて故郷に帰る」との前書きが附される萩原朔太郎の詩「帰郷」のはじまりには、はや烈風が吹く。「わが故郷に帰れる日／汽車は烈風の中を突き行けり。／ひとり車窓に目醒むれば／汽笛は闇に吠え叫び／火焔《ほのほ》は平野を明るくせり。／まだ上州の山は見えずや。」

過去はすでに遠く、未来は閉ざされている。生きることに倦むわれを、故郷は烈しくゆさぶるだろう。かくして「人の憤怒を烈しくせり。」と詩はしめくくられた。詩の「われ」に、上州の山から吹きおろす冬の烈風（赤城おろしとも）は、あるいは、ここちよいものだったか。実際の帰郷が前書きと異なり同年夏の七月であったことからすれば、詩人は、きびしい事態とおのれの窮地をはっきりさせるため、さらにはそれと向きあうためにこそ、冬の暗い夜の「烈風」を必要としていたはずである。

火坂雅志『業政駈ける』は、弘治二（一五五六）年の春の、吹きすさぶ「烈風」から幕を開ける。季節外れの烈しい風にとどまらない。もうひとつの上州名物の雷をとどろかせ、バラバラッと雹までふらせる。

まさしく、風雲急をつげる、である。いまだかつてない危機が、ここ西上野に刻一刻とせまっていた。小田原北条氏の東上野支配に次いで、甲斐の武田晴信（信玄）がいよいよ西上野攻略にのりだしてくるのだ。烈風というより暴風、大暴風である。

対するは、箕輪城主長野業政を盟主とした屈強な地侍たち。上野国内に一城をもつ独立した小領主の面々である。関東管領上杉憲政が北条氏の猛攻で逃亡した後、自分たちの身は自分たちで守らねばと立ちあがった。「上州人には、長いものには巻かれろという気質はない。たとえ相手が大勢力であっても、独立をつらぬく誇り高い気風を持っている」。ながく烈風に耐え、逆らい、あるいは烈風を励ましとして生きてきた者は、ときに烈風そのものとなって強大なものとぶつかる。上州を舞台にし、上州人の活躍する物語は、スタートに「烈風」を必要とした。構想二十余年、作者のつよいこだわりが伝わる。

『業政駈ける』は、上州に吹く「からっ風のように乾いた死生観」をもち、むごい暴風の吹きあれる戦国の世を、民の力を信じ、小さき者の誇りを一途にまもって、烈風のごとく駆けぬけた箕輪城主にして生粋の上州人、長野業政の痛快な物語である。

＊

いまや戦国もののもっとも勢いのある作家となった火坂雅志は、また、物語が生成する風土にながくこだわりぬく作者としても知られる。

ＮＨＫ大河ドラマ『天地人』で主役直江兼続を演じた妻夫木聡との対談（「オール讀物」二〇一〇年四月号）で、火坂雅志はこう述べる。「私も小説を書くときには、必ずその主人公が生きた土地に行き、お墓にお参りをするというのを自分の儀式にしているんです。『これから書かせていただきますが、よろしいでしょうか』と問いかけると、主人公が『どんどん書いてくれ』と言ってくれているような気がします」。「そういう地元の名産品を食べ、酒を飲み、身体の中に採り入れていくことも、そのまま地元の風土や人間性を採り入れていくことにつながる。やっぱりものを作る時に欠かせない作業ですよ」。

火坂雅志と同郷（新潟市）の作家坂口安吾は、最晩年の三年間を上州桐生に移り住みいくつかの地域訪問記を残すが、死の直前に書いた「安吾・新日本風土記」の「挨拶」でこう記している。「……とにかく土地土地には生き生きと働く人々は云うまでもなく町や風物や山河や歴史にもそれぞれ自らを語っている個性的な言葉があるもので、私はそれを現地で見また聞きわけたいと思っているだけです。そしてそれを私自身の生存の意義と結び合せ、私自身の言葉で語り直してみたい……」。

『業政駈ける』には、くりかえし、くりかえし、上州の歴史、山河、風物が、上州人の特色が書きこまれている。越後との比較もある。作者は、何度もこの地に足をはこび、取材し、郷里越後と接するごつごつした異境、上州をまるごと身体にとりこんでいったにちがいない。そのうえで作者自身の思いと言葉で語り直したとき、地域に深く根差すことがそのまま普遍にとどく戦国乱世の典型的地域人、長野業政があらわれでた。

＊

『業政駈ける』は、天下を狙う甲斐の武田晴信（信玄）と越後の長尾景虎（上杉謙信）との熾烈な争いを背景に、同じく大勢力の狭間に生まれ苦闘する北信濃の真田幸隆と西上野の長野業政との知力体力胆力を尽くした争いがえがかれる。

それゆえ、大作『天地人』と一部かさなり、また、大作『真田三代』とも一部がかさなる。とりわけ幸隆、昌幸、幸村をとらえた『真田三代』とは、同時期に新聞連載がはじまった（二〇〇九年七月）こともあり、業政と幸隆との友情、交歓、ライバルとしての争いは共通する部分が多い。

この地域でこの時代に起きた出来事、争乱を、上杉景勝と直江兼続という大物の大局的な視点で眺めるか（『天地人』）。あるいは、したたかに生きぬく名門真田家からとらえるのか（『真田三代』）。はたまた、大勢力には勝てないがけっして負けない戦の名手にして地域の小領主、長野業政によって見据えるのか。

読者にとっていずれも欠かせぬ興味深い三つの選択肢が用意されている。

わたしのみるところ、なかで最も作者のこだわりがつよいのは、この『業政駈ける』である。ストレートなタイトルには勢いがある。他の巨篇『軍師の門』『覇商の門』『虎の城』『臥竜の天』をならべても印象はいちじるしく異なるだろう。

しかも、物語全体の凝縮度も高い。一致団結の意義、戦で失った息子との誓い、民こそ国の財であるという確信、弱い者が駆使する変幻自在の作戦、煩悩を知るものが人の苦しみを知るという考え、義人と武人のちがい、老木の桜の美しさなど、一作ひとつでも充分な大テーマが次つぎに、業政の「小さき者の誇り」をとおして語られる。さながらクライマックスの連鎖、波状攻撃である。上泉伊勢守信綱を主人公にした池波正太郎『剣の天地』では業政をときに野心家とみなすが、ここではいささかのぶれもない。

「長野業政を小説にすることは、私の長いあいだの夢であった」（「あとがき」）。念願のかなったよろこびと充実感が、この作品にはみちているといってよいだろう。

＊

最後に、謎の女、風花について。

物語の要所要所であらわれて業政をうごかすこの武田の素ッ破（忍者）は、『天地人』

の歩き巫女で武田の諜者初音、『真田三代』の歩き巫女花千代、千代女とつながる。この者たちは、けっして傍系の人物ではない。拳法家である歌人西行法師の活躍をえがく斬新な伝奇もの『花月秘拳行』から出発し、『魔都殺拳』『竜馬復活』『関ヶ原死霊大戦』『霧隠才蔵』など、闇を生きる者や常識を転倒させた不思議世界を続々えがきつづけた、火坂雅志の真骨頂ともいうべき者たちである。

周知のとおり、司馬遼太郎は「ペルシャの幻術師」や『梟の城』といった秀逸な伝奇ものからはじめ、やがて歴史小説に完全移行した。火坂雅志も同じコースを辿っているかにみえるが、ちがう。伝奇ものと歴史小説は依然雁行するとともに、『業政駈ける』のように一作中で複雑にかかわる場合もある。

なぜか。司馬遼太郎に鮮明だった「歴史」が、火坂雅志にはひとつでないばかりか、多層的な相貌でたちあらわれているからにちがいない。

もちろんここには、網野善彦らの新しい中世史や作家隆慶一郎からの吸収もあろう。しかしなによりもまず、若き火坂雅志が小説を書くことにこめたはずの、既存世界の転倒とまだ見ぬ世界の創造という圧倒的な夢の強度が、いまなお伝奇ものを生かし、歴史小説に伝奇ものを巧みに仕掛けている、とわたしには思えてならない。

（文芸評論家・早稲田大学文学部教授）

本書は二〇一〇年九月、小社刊の単行本
を文庫化したものです。

業政《なりまさ》駆《か》ける

火坂雅志《ひさかまさし》

平成25年 10月25日　初版発行
令和7年 9月30日　8版発行

発行者●山下直久

発行●株式会社KADOKAWA
〒102-8177　東京都千代田区富士見2-13-3
電話　0570-002-301(ナビダイヤル)

角川文庫 18196

印刷所●株式会社KADOKAWA
製本所●株式会社KADOKAWA

表紙画●和田三造

●お問い合わせ
https://www.kadokawa.co.jp/（「お問い合わせ」へお進みください）
※内容によっては、お答えできない場合があります。
※サポートは日本国内のみとさせていただきます。
※Japanese text only

ISBN978-4-04-400314-2　C0193

角川文庫発刊に際して

角　川　源　義

第二次世界大戦の敗北は、軍事力の敗北であった以上に、私たちの若い文化力の敗退であった。私たちの文化が戦争に対して如何に無力であり、単なるあだ花に過ぎなかったかを、私たちは身を以て体験し痛感した。西洋近代文化の摂取にとって、明治以後八十年の歳月は決して短かすぎたとは言えない。にもかかわらず、近代文化の伝統を確立し、自由な批判と柔軟な良識に富む文化層として自らを形成することに私たちは失敗して来た。そしてこれは、各層への文化の普及滲透を任務とする出版人の責任でもあった。

一九四五年以来、私たちは再び振出しに戻り、第一歩から踏み出すことを余儀なくされた。これは大きな不幸ではあるが、反面、これまでの混沌・未熟・歪曲の中にあった我が国の文化に秩序と確たる基礎を齎らすためには絶好の機会でもある。角川書店は、このような祖国の文化的危機にあたり、微力をも顧みず再建の礎石たるべき抱負と決意とをもって出発したが、ここに創立以来の念願を果すべく角川文庫を発刊する。これまで刊行されたあらゆる全集叢書文庫類の長所と短所とを検討し、古今東西の不朽の典籍を、良心的編集のもとに、廉価に、そして書架にふさわしい美本として、多くのひとびとに提供しようとする。しかし私たちは徒らに百科全書的な知識のジレッタントを作ることを目的とせず、あくまで祖国の文化に秩序と再建への道を示し、この文庫を角川書店の栄ある事業として、今後永久に継続発展せしめ、学芸と教養との殿堂として大成せんことを期したい。多くの読書子の愛情ある忠言と支持とによって、この希望と抱負とを完遂せしめられんことを願う。

一九四九年五月三日